CADAVRE EXQUIS

Lionel LAFAYE

Auteur / Editeur
Lionel LAFAYE
3 Rue Maucomble
30000 Nîmes
FRANCE
lionel.lafaye@free.fr
Tel : 06.75.55.56.13

Merci à tous ceux et celles qui m'ont encouragé dans cette aventure.
Merci Sébastien pour tes précieuses corrections.

ISBN : 978-2-9533830-0-3

Ce jour là, j'avais dû froisser l'équivalent d'une ramette de papier. Sur chaque page je n'avais pas réussi à aligner plus de deux phrases vaguement cohérentes. Rien, pas la moindre parcelle d'inspiration, j'étais aussi vide que ce foutu papier et que mon dernier paquet de cigarettes. Le téléphone s'est mis à sonner. Aucune envie de décrocher, le répondeur a fait ça pour moi.

- Bonjour vous êtes bien chez Harry Kent, laissez votre message ou rappelez-moi plus tard.

Je sais bien que ce message n'est pas, comment dire? Enfin, il est plutôt lapidaire, on me l'a déjà dit, « lorsque je tombe sur ton répondeur, j'ai envie de raccrocher. » C'est vrai.

- Bonjour Harry, vous n'êtes pas là…? Apparemment non, alors rappelez-moi pour me dire où vous en êtes dans votre manuscrit, nous sommes impatients d'en connaître les grandes lignes, et même un peu plus. Je vous rappelle que l'échéance approche. A bientôt Harry, j'attends de vos nouvelles.

Ils ne vont plus me laisser respirer tant que je n'aurai rien montré. Je n'aurais jamais dû signer ce contrat. Le fric, le fric, c'est uniquement pour ça que j'ai signé et ils le savent, ils en profitent ces rapaces, ils en veulent encore plus. Ils n'ont pas compris qu'Harry Kent était foutu, vidé, détruit. Harry Kent est mort. Je suis mort, mais je les intéresse encore, c'est mon nom qui les intéresse : Harry Kent, le maître du suspens! Mais c'est fini tout ça, je ne peux plus faire des best-sellers sur commande. Je n'y arrive plus. D'ailleurs, je n'arrive plus à rien.

C'est si beau le succès, la notoriété, les interviews, les articles dans les journaux. Et puis l'argent, l'argent qui coule à flot, tous ces chiffres, tous ces zéros, ça donne le vertige. On se sent intouchable, à l'abri de tout, invulnérable. C'est ça invulnérable, une sorte de super héros, adulé, aimé, tout devient si facile. Et puis ça passe, parce que tout passe, les saisons, les modes, les idées, les films, les bouquins, les vedettes, même les super héros. Le fric passe aussi, et ça, finalement, c'est le plus dur, parce qu'avec lui tout s'en va, ou presque.

Je ne sais pas trop pourquoi j'ai signé ce nouveau contrat, parce que mon banquier me harcelait tous les jours, parce qu'on ne me reconnaît plus dans la rue? Je sais que c'est simple, idiot même, j'en rajoute peut-être, je n'ai pas vendu mon âme au diable, mais j'aurais pu, au mieux par nécessité, au pire par égocentrisme.

Je n'avais jamais eu le moral aussi bas que ce jour là. Je décidais de sortir prendre l'air. Je n'avais jamais autant visité New York. Tous les jours je jetais une ramette de papier froissé et je partais au hasard pour me changer les idées, pour survivre. Les grands magasins, les musées, Central Park et même la statue de la liberté. On m'a même pris pour un touriste français « Bonjiour monsieur, comment alleill-viou? » « Very vell sain-quiou. » J'ai eu droit à la plaquette explicative dans la langue de Molière.

Ça m'a fait mal. Pas qu'on me prenne pour un français, bien que ces guides zélés toujours à l'affût d'une occasion pour placer maladroitement trois mots en langue originale, je trouve ça ridicule, mais bref, ce qui m'a fait mal c'est qu'il ne m'ait pas reconnu, cet arriéré mental. Ce qui m'a rassuré finalement, c'est que c'était un arriéré mental, donc il ne pouvait pas me connaître. Quoiqu'il ne soit pas utile d'avoir fait Harvard pour lire du H.Kent, il est même fort possible qu'il en ait lu. Cette pensée a été de loin la plus douloureuse.

Maintenant je ne vais plus chercher l'inspiration, je ne vais plus en ville, lorsque je sors c'est pour faire quatre cents mètres au grand maximum. L'épicerie pour le whisky et la bière, le chinois quand j'ai faim et le Monkey Bar pour boire un coup. Où que j'aille, on me reconnaît, mon univers est petit certes, mais ma popularité est inaltérable, et c'est la même chose pour Jessy ma voisine, Hector son fils, Bob, Bill, Gus, et tous les autres. Dès que j'entre dans un des ces trois lieux, on me dit « bonjour Harry ». Ça me fait du bien.

Jennifer est une sacrée nana, un peu masculine, enfin elle a un côté un peu rentre dedans, voire un peu rustre même. Le verbe haut le langage familier et pour les non initiés, cela doit plutôt ressembler à du langage de charretier.

- Hey! Harry et ben t'as une sale gueule mec. Vraiment une sacrée sale gueule. Tu vas m'arranger ça avant que je te foute dehors à grands coups de bottes dans le cul!

Il faut préciser que Jennifer ne parle pas, elle crie, et quand elle s'énerve, elle gueule. Mais sans elle le Monkey Bar n'existerait pas et j'en connais plus d'un qui serait perdu, abandonné, démuni, désemparé. Bob l'électricien, où irait-il? Il vient là tous les soirs prendre son Bourbon. Calvin, « l'homme d'affaire » comme on le surnomme, je n'ai jamais su ce qu'il faisait comme métier et personne ne le sait, des suppositions, des rumeurs. En tout cas il est toujours impeccable, chemise, cravate, gilet, veste, pantalon à pince et le tout assorti. D'ailleurs c'est toujours surprenant de le voir au Monkey. Il y vient régulièrement, le matin à sept heures pour le café et le soir vers sept heures pour le cappuccino. Jamais une goutte d'alcool, droit comme un I, discret, poli, lorsqu'il est là tout semble différent, Pendant les quinze minutes qu'il prend pour boire son café et lire le NY Times, l'atmosphère s'apaise. Jennifer parle un ton en dessous pour ne pas le déranger, et si quelqu'un fait simplement mine de se lever pour allumer la TV, il est renvoyé à sa place avec la rudesse qui s'impose.

-T'as pas la télé chez toi? T'as rien d'autre à foutre qu'à regarder ces conneries, non? Tu vois pas que ça te ramollit le cerveau ? Si tu la regardais moins tu t'occuperais un peu mieux de ta femme et tu l'aurais moins molle...

Et Hector, le fils de Jessy, que deviendrait-il sans le Monkey et sa patronne? Jennifer adore qu'on l'appelle Patronne et le gamin l'a bien compris, ce n'est pas le seul d'ailleurs, dès que le ton monte, les formules magiques permettent d'apaiser le monstre.

-T'as raison Patronne!

-C'est vrai Patronne?

-Vous énervez pas patronne!

Hector en abuse, mais elle le sait, tout ce qu'il veut c'est qu'elle lui laisse regarder le Basket à la TV, mais dans l'arrière boutique, au calme, surtout quand il y a les Knicks au Madison Square Garden. Un jour elle lui a même promis qu'elle l'amènerait voir un match. Le gamin attend encore, mais il y croit.

-T'es un sacré morveux toi tu sais, t'es mon petit amour Nom de Dieu. Je t'y amènerai moi au Madison, on ira les voir sur place tes Knicks, mais il faut que tu grandisses un peu c'est quand même pas un lieu pour les petits merdeux de six ans et demi.

-Sept ans et demi, Patronne.

Jessy est la seule femme à oser rentrer au Monkey, elle laisse Hector pour aller faire des ménages le soir. Il y a bien Laetitia, mais lorsqu'elle passe, c'est en coup de vent juste pour déposer le courrier sur le comptoir.

-Un café?

-Merci patronne, mais faut que j'y aille, j'ai pas fini ma tournée.

C'est devenu un rituel, Laetitia repart d'une même foulée, main en l'air en guise d'au revoir, nez en avant, balancée comme Columbo lorsqu'il quitte le suspect, dos courbé, cigare entre l'index et le majeur, perdu dans ses pensées.

Chacun a ses habitudes ici. Moi, la mienne, c'est de m'asseoir juste à la table de droite en entrant, face à la baie vitrée. Je lis le journal et je bois un Martini. Je n'en bois jamais chez moi, mais c'est l'habitude, la première fois que je suis venu, la patronne m'a offert ça.

-Goûtez-moi ça! Si vous me dites que c'est pas bon je vous fous dehors.

Alors j'ais pas eu le choix, et depuis je n'ai plus le choix. A peine suis-je assis que mon Martini est servi. D'ailleurs je la soupçonne fortement de vouloir me faire finir son stock, parce que je suis bien le seul à en boire. Mais ça me convient bien finalement.

-Vous avez du feu?

L'homme était grand, légèrement grisonnant, emmitouflé dans une longue gabardine noire, une barbe de trois jours. Un nouveau, je ne l'avais jamais vu ici.

-Je peux m'asseoir?

-Heu! Oui, je vous en prie.

Il m'a dévisagé, a tiré une longue inspiration sur sa cigarette, puis a posé son menton sur sa main droite.

-Vous ressemblez sacrément à Harry Kent. On vous l'a déjà dit?

-C'est moi!

-C'est vous?

-Et bien oui, c'est moi.

-Enchanté, Benjamin Clark, on m'appelle Ben.

-Très heureux Ben.

-Si je m'attendais à vous trouver ici. Ça c'est extraordinaire, vraiment le hasard des fois…

-Vous savez c'est très banal, je suis fourré ici tous les jours, c'est mon QG en quelque sorte.

-J'ai lu tous vos livres. J'adore!

Un fan, quelqu'un qui me reconnaissait, qui avait lu tous mes livres, une perle. Je me suis senti envahi d'un bien être, d'une chaleur, d'une légère torpeur même. Ses paroles me parvenaient par bribes, « Extraordinaire! », « Fabuleux! », « C'est du génie ! ». Je dois dire que j'ai eu un doute, une idée m'a traversé l'esprit, fugace, mais terrible, et si c'était un coup monté, une mauvaise blague, juste pour faire rire sous cape une bande d'imbéciles à l'humour de mauvais goût ?

Un regard à droite, Zeck et Joe sirotaient leur bourbon sans se soucier de mon admirateur, derrière eux le vieux Jack somnolait sur sa chaise, la tête penchée sur le côté. A droite les joueurs de cartes n'avaient d'autres soucis que de compter leurs points, non sans difficulté d'ailleurs. Au comptoir tout le monde était absorbé par les infos, Ben était bien le seul à se soucier de mon sort.

-Alors vous devez certainement travailler sur un nouveau roman?

-En quelque sorte oui.

Il s'est penché vers moi, index devant la bouche, regards lancés furtivement de part et d'autre, puis il a chuchoté:

-Top secret bien sûr. C'est tout de même admirable d'avoir une nouvelle idée à chaque fois. Franchement je me demande comment vous faites.

« Moi aussi! », allais-je répondre. Mais le pauvre Ben s'est mis à tousser, tousser de plus en plus (et de plus en plus) fort, j'avais mal pour lui, j'ai bien cru qu'il allait sortir ses tripes là, sur la table. Alors je l'ai emmené dehors. C'était infernal, ça raclait au fond de sa gorge, et par moment de longs spasmes semblaient venir du fond de ses entrailles. Je m'attendais au pire. Puis ça c'est arrêté, il a craché une sorte de glaire dégoûtante, c'est essuyé la bouche et s'est excusé, visiblement gêné. Il était exténué. Je l'emmenai chez moi, je ne pouvais pas décemment laisser un de mes fans crever impunément sur le trottoir, et qui plus est à quelques mètres de chez moi.

Le whisky l'a rapidement remis sur pied. C'était une des premières choses que j'allais apprendre sur Ben, c'était un sacré buveur de whisky. Ce soir là une seule bouteille n'avait pas suffit. Se confier à quelqu'un lui faisait du bien, ça faisait plaisir à voir. J'en appris plus ce soir là que toutes les autres fois où nous nous sommes rencontrés.

Ben était un ancien flic qui avait dû démissionner pour problèmes de santé. Ces quintes de toux ne devaient pas y être pour rien. Il vivait seul, sa femme était partie avec un de ses inspecteurs, alors comme il disait, « la vie m'est devenue difficile ». Ce type avait mal à la vie, il n'attendait plus rien, ne cherchait plus rien, sa femme avait foutu le camp, sa santé se décomposait et même son boulot l'avait lâché.

On s'est immédiatement apprécié, peut-être parce qu'on n'avait pas le choix. Dans le désespoir on se raccroche à tout ce qui dépasse. Ce soir là chacun s'est raccroché à l'autre en tout cas. Lui à cause de sa solitude et de sa maladie, moi à cause de mon impossibilité à coucher trois phrases cohérentes sur une feuille de papier.

- Vous revenez quand vous voulez Ben, vous êtes ici chez vous.

J'ai eu quelques scrupules à le laisser partir. Des scrupules, et puis surtout une crainte, je ne l'ai admis que plus tard, mais j'avais peur de ne plus le revoir, de ne plus entendre ses compliments sur mes bouquins, sur mon écriture, sur mes personnages, il connaissait mes livres mieux que quiconque, y compris moi-même.

L'avenir allait m'apprendre que mes craintes n'étaient pas justifiées. Le surlendemain, Ben débarquait avec une bouteille de bourbon, précédé de ses quintes de toux démoniaques dont il emplissait tout le couloir de l'étage.

-Alors Harry, ça avance?

-Quoi?

-Ce roman? Ça avance?

Rien n'avançait, ni sur le papier, ni dans ma tête. La veille j'avais bien cru que quelque chose allait démarrer, mais non, fausse alerte, rien, trois gribouillis de mots assemblés maladroitement, une sorte de bouillie informe sans consistance, sans intérêt. Je hochais la tête sans conviction, comme pour dire : « ça peut aller… » et je prenais la cigarette qu'il m'offrait.

-Vous ne devriez pas fumer Ben…

-Tu sais au point où j'en suis, c'est pas celle là qui me tuera, le mal est déjà fait.

Des points lumineux s'étendaient à l'infini, jusqu'au bout de la nuit, je pensais à tous ces gens chez eux devant leur télé, aux enfants endormis, aux couples enlacés sur les canapés, pour mieux oublier mon appartement lugubre, ce flic malade et mon désœuvrement maladif. On a fini le bourbon et les cigarettes. Ben a dû partir sur le matin, je ne me souviens plus.

Nos rencontres sont devenues plus régulières, le fait d'être avec quelqu'un d'autre peut-être, me poussait à prendre le large, Central Park, Madison, bref, une résurrection. Pourtant rien ne venait. Impossible d'écrire quoi que ce soit.

-Alors ce roman, ça avance?

-Non, rien, je n'ai rien qui vient, pas le moindre embryon d'idée, rien, rien, rien….

Ben a allumé une cigarette, ses yeux brillaient, puis un léger sourire s'est dessiné sur son visage, du genre satisfait, ou plutôt insouciant, quelque chose d'apaisé, de calme.

-Moi j'ai une idée.

-Ha! Et on peut savoir laquelle?

-Oui mais il faut me promettre d'en faire un bouquin, parce que cette idée, c'est un Best Seller en puissance, de quoi faire exploser les ventes, à rendre jaloux Stephen King et tous les éditeurs qui pourront pas se payer Harry Kent.

-Et bien ça m'intéresse ça. Alors?!

-Non je ne te sens pas intéressé là, tout au plus curieux, tu aimerais savoir pour savoir, juste par curiosité.

-Et bien oui, savoir pour savoir, c'est déjà pas si mal non?

-Non, ce n'est pas suffisant Harry. Mets-toi à ma place, c'est comme un flic ou un journaliste qui voudrait savoir, juste comme ça pour voir. Non ça ne marche pas, on ne sait rien de cette façon, en tout cas, pas l'essentiel.

-C'est une histoire d'argent? Vous voulez que j'achète votre idée, avant de l'avoir vue en plus?

-Non, pas d'argent entre nous, enfin pas pour l'instant. J'ai l'idée, tu sais écrire, tu as un nom, il s'agit d'un travail d'équipe. Tu ne veux pas acheter sans avoir vu, et moi je ne peux pas donner sans être sûr que tu es le bon destinataire. Es-tu prêt à recevoir Harry?

Je l'ai laissé sur son banc avec son mégot, sa barbe de trois jours et son Best Seller lyophilisé. Il m'avait passablement énervé avec son sermon sur le don et son destinataire. Je ne l'ai pas revu pendant plus d'une semaine, pourtant, je devais admettre qu'il n'avait pas entièrement tort, qu'après tout, ce n'était pas facile pour lui non plus. Et puis il avait l'air si sûr... de la certitude au fond des yeux. J'avais envie de savoir malgré tout, et si c'était une idée géniale ? De toute façon, je n'avais rien, alors!

Puis est venue l'inquiétude, je pensais à cette blague qu'on m'avait racontée quand j'étais gosse. C'était un père, qui à chaque anniversaire, demandait à son fils ce qu'il souhaitait comme cadeau et invariablement il demandait une boule rouge. Le père ne comprend pas très bien pourquoi une boule rouge, mais bon c'est son gamin alors... Les années passent (et la blague dure, un bon conteur pouvait faire durer l'histoire une demi-heure au moins), un jour, le fils a un accident, il est sur son lit d'hôpital, il va mourir. Le père lui demande alors pourquoi ces boules rouges, et le fils répond péniblement parce que… Et il meurt. Fin de l'histoire.

Ça faisait rire celui qui l'avait racontée et qui avait embarqué tout le monde avec son histoire nulle, mais moi, ça m'a toujours inquiété, le fait de ne pas savoir, je trouve ça terrible. Surtout de ne jamais savoir.

Et si je ne connaissais jamais l'idée géniale de Ben, si on ne se voyait plus, s'il était fâché, s'il était mort! Je voyais la scène dans ma tête, Ben sur un lit d'hôpital, des tuyaux de partout, le monitoring qui bipe, son rythme cardiaque perdu dans les profondeurs de sa cage thoracique sans vie. Et puis les médecins, les infirmières, les blouses blanches, les bruits de pas dans les couloirs.
-C'est foutu!

Les gants jetés dans les poubelles, la salle d'opération qui se vide, le corps de Ben au milieu, recouvert d'un drap blanc, le monitoring débranché ne fait plus son bip rassurant. Je m'approche, il reste une goutte de vie dans ses yeux, il me fait signe de m'approcher, je me penche sur son visage.
-Tu sais, le Best Seller, c'est l'histoire de…

Et il meurt! Je m'en veux terriblement, si je l'avais écouté, il ne serait pas mort, il aurait vécu à travers cette histoire, son histoire, dont personne ne saura jamais rien.

J'ai entendu le bruit infernal de la toux dans le couloir, puis la sonnerie et dans l'encadrement de la porte, Ben et sa bouteille de bourbon. J'ai dû esquisser un sourire de soulagement, et il l'a vu, ses yeux se sont mis à briller et une petite fossette s'est dessinée sur sa joue gauche.
-Il faut m'excuser pour l'autre fois, je ne me suis pas contrôlé…

-C'est rien Harry, c'est pas grave, je sais que c'est pas facile. Amène des verres qu'on boive un coup.

C'était comme une libération, le voir là, savoir qu'il ne m'en voulait pas, je me sentais tellement bien que j'ai accompagné Ben dans sa descente de bouteille, elle ne nous a pas résisté longtemps.

-Vous savez Ben, je pensais à cette blague qu'on se racontait quand j'étais gosse, celle du fils qui demande systématiquement une boule rouge à son anniversaire.

-Ha! Ha! Ha! Une boule rouge! Ha! Ha! Ha!

L'effet du bourbon était particulièrement prononcé ce soir là y compris chez Ben, qui riait pour un oui ou pour un non.

-Vous la connaissez?

-Qui? La blague?

-Oui!

-Non!

-Et bien alors pourquoi vous riez?

-Pourquoi? Mais j'en sais rien moi! Ha! Ha! Ha!….

Ben était plié en deux, et son euphorie devenait communicative.

-Non mais attendez, je l'ai pas encore racontée là. Ha! Ha! Ha!….

-Et bien qu'est ce que ça fait? Ha! Ha! Ha! Ha!…

-Non mais il faut arrêter de rire, je peux plus raconter comme ça… Hou! Hou! Hou!

-Mais d'où tu sors ce rire? Ha! Ha! Ha!…

-Et vous, vous avez vu le votre? Hou! Hou! Hou! Hou!…

-Allez viens on va au Monkey, je te paye à boire.

-Non mais j'ai pas soif là! Hou! Hou! Hou!…

-C'est pas grave, allez viens on y va! Ha! Ha! Ha!…

-D'accord, mais je vous raconte ma blague en route. Hou! Hou! Hou! Hou!....

-Ha oui! La blague! Ha! Ha! Ha! ...

-Attendez, je l'ai pas encore racontée! Hou! Hou! Hou! Hou! ....

Ça faisait des années que je n'avais pas autant ri, il faut dire que Ben était bon public, dès que je disais « boule rouge », il se mettait à rire comme un dératé, par enchaînement je riais aussi, tout en disant : « Attendez! Attendez! C'est pas fini! ». Jamais le trajet ne m'avait paru aussi long, de chez moi au Monkey.

-Dis-moi Harry, elle est nulle ta blague!

-Ça! Je vous l'avais dit! Hou! Hou! Hou! ...

-Tu pètes le feu ce soir Harry! Ça fait plaisir à voir vraiment.

-Qu'est ce que je vous sers? Un Martini ça vous dit? C'est moi qui l'offre! L'apéro préféré de mon petit Harry n'est-ce pas?

A vrai dire on n'a pas eu le temps de répondre quoique ce soit, Jennifer avait déjà posé les verres sur la table. J'ai bien vu à la tête que faisait mon coéquipier, que cette boisson ne l'enthousiasmait pas vraiment.

-Tu bois ça toi?

-Non! Enfin si...

-C'est vraiment dégueulasse ce truc, on dirait du sirop de...

-D'orange!

-Oui, c'est ça du sirop d'orange. Vraiment dégueulasse!

-Alors messieurs, il n'est pas excellent ce Martini?!

-Si, mais on....

-Allez hop, en voilà un autre! Et ne vous gênez pas, dès que votre verre est vide j'arrive. Ne vous inquiétez pas j'ai ce qu'il faut.

-Bon alors cette idée de Best Seller, vous vous décidez à m'en parler.

-Tu sais que je ne suis pas venu pour ça Harry? Simplement je t'apprécie bien voilà, on boit des canons, on rigole bien, et ça suffit comme ça!

-Allez, vous n'allez pas vous faire prier, je vous écoute cette fois-ci.

-Sûr?

-Certain!

-Bon, tu sais que je suis un ancien flic. Ecoute bien, c'est important et dans tous les cas tu me laisses finir et tu t'en vas pas en claquant la porte comme la dernière fois. Vu?

-Vu!

* * * * *

Laurence referma le livre et regarda à nouveau la couverture, en grosses lettres d'or le titre : « Best Seller », en bas à droite l'auteur : Maurice Karle, au milieu une machine à écrire et une page blanche. La sonnerie finit par la faire sortir de sa rêverie, elle quittait New York, le Monkey Bar, Ben et Harry Kent pour atterrir un peu brutalement chez elle dans sa Camargue natale.

Le rôti était cuit, elle baissa le thermostat du four et remit la minuterie pour un quart d'heure encore. Les filles allaient rentrer de la danse et Paul son mari n'avait pas appelé, donc c'est qu'il ne tarderait pas à arriver non plus. Elle reprit son livre et parcouru à nouveau la quatrième de couverture, où figuraient quelques lignes sur l'auteur.

D'origine Basque, Maurice Karle vit aujourd'hui en Camargue. Ce troisième roman confirme à nouveau son grand talent d'écrivain, maniant à la fois suspens et humour, il réalise ici un récit policier de grande facture, digne des plus grands.

Laurence fit défiler les feuilles sous son pouce, repositionna son marque page à la bonne place, et estima d'un rapide coup d'œil ce qui lui restait à lire. Il y avait encore une bonne épaisseur et c'était tant mieux. Quoique, son sentiment alterna encore entre le désir de reprendre la lecture, connaître la suite au plus vite, poser le livre dans la bibliothèque avec dans le cœur ce petit sentiment de fierté, style *je l'ai lu*; et cet autre désir aussi fort de prendre le temps, de déguster le récit, de le faire durer, de rester suffisamment longtemps avec les personnages, pour mieux les imprégner et les faire vivre encore et encore.

Des bruits de pas sur le gravier, ce sont les filles qui arrivent en courant. La petite dernière se précipite vers sa mère, son gros cartable se dandine sur son dos. Elle se jette dans ses bras, et la serre de toutes ses forces.

-Maman!

-Sophie! Attention tu vas me faire tomber…

-Je t'aime!

-Oui, moi aussi mon amour!

-Salut M'an!

-Bonjour Delphine, fais-moi un bisou quand même.

-Ho ça va, on s'est vues ce matin.

-Et bien ce n'est pas une raison, regarde ta sœur.

-Ma sœur, c'est pas pareil, c'est un bébé. Dès qu'elle a plus sa maman elle est perdue alors…

-Menteuse, c'est pas vrai d'abord…

-Stop les filles! Tout le monde à la douche, allez hop!

Delphine avait la tête dans le frigo.

-Y a plus de Nutella, M'an?

-La douche c'est par là-bas, ici c'est la cuisine. S'exclama Laurence.

-Allez maman, j'ai trop faim.

-Tu as goûté non?

-Oui, mais j'ai encore trop faim.

-Tu as trop faim, et bien on va manger.

-Qu'est-ce qu'il y a?

-Du rôti…

-Trop nul!

-Ha oui trop nul! renchérit Sophie.

-Toi la gamine, la ferme, arrête de répéter tout ce que je dis.

-Delphine respecte ta sœur, c'est toi la plus grande…

-Ça je le sais, mais c'est elle qui m'énerve, elle répète tout ce que je dis. Perroquet!

-Perroquet toi-même d'abord!

-Allez les filles à la douche, si vous êtes sages vous pourrez voir le film ce soir à la télé.

-Ouais! Trop cool!

-Trop cool! s'écria Sophie.

-Arrête de répéter tout ce que je dis, ou je te tire les cheveux.

-La dernière arrivée à la salle de bain est une poule mouillée.

-Vraiment t'es une gamine! lança Delphine désabusée.

Delphine avait beaucoup changé ces derniers mois, elle était plus distante, surtout avec sa mère, il faut dire qu'elle n'avait jamais été très proche de Laurence, c'était plutôt son père qu'elle câlinait sur le canapé avant d'aller au lit. Tout le contraire de sa sœur, la petite Sophie.

Laurence avait encore quelques minutes de répit, elle se dirigea à nouveau vers son livre, hésita un instant, sachant bien qu'elle n'allait pas pouvoir s'y plonger vraiment. Non, il valait mieux garder la suite pour plus tard, et savourer tranquillement les pages qui allaient suivre. Un coup d'œil sur le rôti, parfait, il ne reste plus qu'à mettre la table.

-Delphine, Sophie, dépêchez-vous, il faut venir mettre le couvert.

-Oui, on arrive!

-Papa est arrivé? demanda Delphine.

-Non pas encore, que fait Sophie?

-Je sais pas, elle cherche son pyjama.

-Sophie, dépêche-toi ma chérie!

Une saine compétition s'était établie entre les deux sœurs, c'était à celle qui mettrait le mieux la table. Le point crucial de cette opération étant le pliage des serviettes, en accordéon, en tulipe, en cornet, en tresse, en double éventail... Du pliage de précision, qui n'allait pas sans quelques piques bien placées, propres à déstabiliser l'adversaire.

-Copieuse, c'est moi qui ai eu l'idée en premier!

-Ça ressemble à rien ton truc!

-D'abord tu sais même pas le faire!

Ce soir là, l'application était de rigueur, chaque concurrente s'était lancée dans une course silencieuse et appliquée dont l'objectif final était la serviette la plus superbement mise en scène. L'opération se déroulait à huis clos, à l'abri des regards adultes.

-Alors les filles, c'est fini?

-Papa est arrivé?

-Oui, il est là.

-Alors vous pouvez rentrer!

Du haut de son mètre quatre–vingt, Philippe lança un regard circulaire sur la table, laissant échapper un sifflement d'admiration.

-Bravo les filles, c'est du grand art vraiment.

-T'as vu papa, c'est moi qui ai plié la tienne.

Delphine avait pris son père par la taille, pour lui faire contempler son œuvre. Le tissu rouge à carreaux noirs, formait une sorte de cornet recourbé, en équilibre sur le verre à pied. Laurence avait droit à quelque chose de plus baroque, son verre servait de support à une sorte de double tresse, terminée par deux doubles nœuds retombants de façon inégale sur les côtés.

-C'est beau hein maman! S'exclama Sophie.

-Superbe ma chérie.

-Tu sais ce que c'est?

-Non, qu'est-ce que c'est?

-Le lapin d'Alice au Pays des Merveilles!

-Ha! Oui, c'est les oreilles!

-Alors laquelle vous préférez?

-Il faut que le jury délibère, les candidates doivent se retirer un instant, afin que nous puissions nous consulter, votre mère et moi, en toute impartialité.

Les deux filles se plièrent au protocole, sans perdre un instant, déjà impatientes de revenir pour connaître le résultat.

-Alors, ta journée?

-Bien, enfin beaucoup de boulot pour pas changer et toi?

-Je suis rentrée tôt aujourd'hui. Je me suis acheté un bouquin, tu sais cet écrivain qui habite dans le coin…

-Ha! Oui, heu! Karle!?

-Oui, c'est ça, Maurice Karle!

-Alors?

-…. Laurence n'eut pas le temps de répondre, les filles étaient bien trop impatientes.

-Ça y est? Vous avez délibéré?

-Oui les filles, vous pouvez venir.

Les mains derrière le dos, sourire au milieu de la figure, la grande et la petite attendaient le verdict en toute confiance, chacune savourant déjà son évidente victoire.

-Alors note technique : 9/10 pour Sophie, 8/10 pour Delphine.

-Et note artistique : 8/10 pour Sophie et 9/10 pour Delphine.

-Soit un total de 17/20 pour Sophie et 17/20 ex æquo pour Delphine, avec les félicitations du jury, pour ces performances dignes des plus grandes championnes de pliage de serviette de table.

-Mais papa…Commença Delphine.

D'un clin d'œil complice, Philippe fit comprendre à sa fille aînée qu'il n'était pas utile de porter réclamation.

-Allez tout le monde à table, ce soir rôti!

-Avec des frites?

-Non, haricots verts!

-Berk!

Le revolver posé sur la table de nuit, ne surprenait plus vraiment Laurence, mais son regard se portait toujours sur cet objet plutôt exotique. La première fois, elle avait marqué un temps d'arrêt lorsque Philippe avait posé son arsenal à la tête du lit. Qui peut bien avoir un engin pareil sur lui? Et surtout ne pas s'en séparer, même pour dormir. En tout cas quelqu'un de dangereux, enfin potentiellement. Elle se rappelait encore sa réaction.

-C'est un vrai?

-C'est quand même plus utile quand c'est un vrai!

A cette époque là, ils se rencontraient régulièrement depuis quatre ou cinq semaines et jamais ils ne s'étaient posés la question de savoir ce que pouvait bien faire l'autre.

-Tu es…

-Flic, oui!

-Et c'est dangereux?

-Il faut faire attention.

Laurence fit à nouveau irruption dans le présent, les filles étaient couchées et son flic de mari s'était endormi. Elle s'allongea sur le côté et laissa courir son regard sur ce corps qu'elle voyait tous les jours, qu'elle touchait plus que tout autre, qu'elle aimait encore, même si le temps laissait des traces de plus en plus visibles. Le visage était détendu, presque trop d'ailleurs, il avait quelque chose de cadavérique, comme si les muscles s'étaient définitivement assoupis, la bouche à demi ouverte, les bras en travers du lit, pantin désarticulé dont seul le mouvement régulier de la cage thoracique indiquait que le souffle était encore là.

Elle s'étonna elle-même du regard qu'elle posait sur cet homme, pas n'importe lequel certes, le père de ses filles.

Un regard d'amante, un regard inquisiteur à la recherche d'un indice, une griffure suspecte, une trace de rouge à lèvre.

Un regard de propriétaire inspectant son domaine, vérifiant que tout est bien là et en bon état, tel qu'il l'a laissé le matin même.

Un regard de médecin légiste, froid, scientifique. Sujet mâle, environ quarante ans, un mètre quatre-vingt, quatre-vingt kilos, cheveux châtains, une cicatrice à l'épaule gauche, l'oreille droite percée mais sans boucle, souvenirs du corps adolescent. Longue cicatrice sur le tibia de la jambe droite, reste du corps enfant, mauvaise chute d'un arbre, pleurs, désinfectant, pansement, infection, médecin, médicaments, pas de points de suture, ouf! Au pouce gauche une petite marque noire sur l'ongle, diffuse, la corne est striée, un coup de marteau bien appuyé de la main droite, souvenirs de jeunesse. Elle s'en souvient encore, les premiers balbutiements de leur vie commune, ses débuts dans le bricolage, la pharmacie, les urgences, les points de suture ce coup-ci et lui blanc comme un cadavre, l'énorme pansement, l'infirmière deux fois par semaine, la batterie de cachets et ce pouce meurtri méconnaissable sous son énorme bandage disgracieux. Même ce qui n'avait pas marqué ce corps témoignait encore des angoisses et des souffrances passées. Ce sexe couché sur le côté lui aussi, le prépuce recouvre entièrement le gland et pourtant il s'en est fallu de peu. Il a réchappé à la circoncision, mais à quel prix? Tirer sur la peau pour décalotter, un petit coup de ciseaux pour faire le passage, souvenir de la petite enfance, douloureux.

Le corps se souvient, mais seulement de ce qui fait mal. Elle a beau chercher, elle ne trouve pas la trace d'un souvenir agréable, le contact du sable chaud, leurs premiers corps à corps. Mais ses caresses, ses baisers à elle côtoyant les câlins de sa mère à lui, non! Les baisers des autres, celles qui ont connu ce corps avant elle, non plus! Le souvenir de ces petites souffrances est finalement bien suffisant, il ne gêne personne et ne s'adresse qu'aux proches, comme pour les mettre dans la confidence.

Elle ne s'arrête pas sur les plis à peine perceptibles qui apparaissent petit à petit au dessus des hanches, ni sur cette ride toute nouvelle au coin de l'œil. Philippe vieillit et sa chair avec. Le regard va-t-il oublier ce qu'il voyait avant que les années n'apportent leur cortège de graisse, de plis, de taches…? Elle en doute. Il paraît qu'on s'y fait, que l'oubli est le plus fort, murmure-t-elle tout bas, tout en calant son oreiller contre la tête de lit.

Elle tapote le coussin doucement, apprécie d'un coup d'œil rapide le confort de ce dossier de fortune et s'y adosse paisiblement. Elle s'attarde encore un instant sur le dormeur allongé juste à côté d'elle, et prend le livre posé sur la table de nuit. D'un coin du drap, elle essuie ses verres de lunettes et se replonge enfin dans sa lecture.

* * * * *

Ben avala une gorgée de Martini, grimaça au passage du breuvage sirupeux qui s'acheminait avec lenteur le long de son œsophage. Il alluma immédiatement une cigarette, seul antidote disponible à cette boisson du plus mauvais goût.

-C'est vraiment imbuvable ce machin... Bon, voilà mon idée, l'histoire est assez simple, puisque les personnages sont ici, un écrivain et un flic à la retraite. L'écrivain, est un habitué des prix littéraires, une bête de Best Seller, mais il a un sérieux problème. Plus d'inspiration, rien, le vide total, il se trouve nul, incapable de trouver la moindre idée, bref, une horreur.

Il rencontre par hasard un flic à la retraite, avec lequel il se lie d'amitié. Et c'est là l'idée géniale, le flic lui propose de raconter son propre assassinat avant qu'il n'ait eu lieu. Les deux hommes se rencontrent régulièrement et mettent au point un scénario en béton. Un ancien reprit de justice tue le policier par vengeance, et hop! Le tour est joué. Le bouquin est publié et quelques jours plus tard, le flic est retrouvé mort.

Ça n'a rien d'extraordinaire, c'est vrai, mais attend la suite, tu publies le livre et quelques jours plus tard, on me retrouve assassiné par un ancien criminel que j'ai fait coffrer par le passé. Et là les ventes s'envolent, un livre qui raconte un meurtre avant qu'il n'ait eu lieu, c'est du jamais vu ça! Alors qu'est-ce que tu en penses?

J'avalai une gorgée de Martini, sans grimacer, l'habitude. J'avoue que j'ai eu alors un moment d'absence, je ne voyais vraiment pas ce que je pouvais bien lui répondre. D'ailleurs que répondre à quelqu'un qui vous dit qu'il va se faire assassiner et que c'est une super histoire à raconter? Rien!

-Alors?

Je n'osais pas croire, ce qu'il venait de me dire, parlait-il de son meurtre? Ou de celui du personnage dans le livre? Je faisais celui qui n'avait pas compris.

-Alors! C'est bizarre votre histoire, mais je ne vois pas ce qu'elle a de si extraordinaire, vraiment...

-Non, comme ça, elle est banale, c'est lorsqu'on me retrouvera mort qu'elle deviendra extraordinaire...

-Quoi?!...

J'avais bien compris nom de Dieu, je fis cul sec et appelai Jennifer à la rescousse. Elle nous servit une autre rasade.

-Mais oui, c'est ça l'idée géniale, tu n'auras qu'à raconter la vérité, ou presque, notre propre histoire en fait.

-Attendez, si je comprends bien, vous voulez mourir pour de vrai alors?

-Bien sûr, sinon ça sera un bide ton bouquin.

-Alors je raconte l'histoire de ce flic et de cet écrivain, qui ne sont autres que nous, votre propre meurtre orchestré par nos soins, et quelques jours après la publication, vous mourrez pour de vrai. C'est ça?

-Exactement!

-Complètement fou! Et qu'est-ce qu'il devient l'écrivain dans votre histoire?

-Il est soupçonné par la police bien-sûr, ce qui ne fait qu'accroître les ventes, mais le criminel est retrouvé et il est innocenté. Enfin je te laisse le soin de peaufiner la fin, c'est ton boulot après tout.

-D'accord, mais il y a un détail qui cloche. Le flic, pourquoi est-ce qu'il se fait tuer? Qu'est-ce qu'il a à y gagner lui?

-Le fric bien sûr!

-C'est à dire qu'une fois mort, c'est difficile d'en profiter non?

Je me surprenais à rentrer dans le jeu de Ben, son histoire à dormir debout finissait par piquer ma curiosité.

-Ça ne sera pas pour moi, mais pour quelqu'un que tu ne connais pas, et que tu ne connaîtras jamais.

-Ha!

-Oui, nous établirons un contrat par lequel tu t'engageras à verser trente pour cent de tes droits sur un compte numéroté, jusqu'à ta mort.

-Vous êtes sûr d'être dans votre état normal? Je vous emmène chez un psy que je connais si vous voulez... Ou alors c'est moi qui délire, auquel cas je devrais y aller aussi. Remarquez, on peut y aller ensemble, ça sera plus sûr...

-Mais je t'assure que je vais très bien, et toi aussi d'ailleurs.

-Mais vous voulez mourir alors?

-T'as vu mon état? Je suis foutu, j'en ai pour combien? Un an? Un Mois? Une semaine? Non, je veux en finir, et autant que ma mort soit utile, elle.

J'ai bien cru que j'allais finir le stock de Martini, Jennifer était aux anges, Ben grimaçait à chaque gorgée et moi je ressassais cette histoire dans tous les sens. Et si c'était une blague, un coup monté pour me tester, me faire réagir. Après tout ce flic, je ne le connaissais pas, était-ce réellement un flic d'ailleurs? Etais-je bien réveillé? Le martini n'était-il pas frelaté? Je ne savais plus.

Le lendemain matin, le martini avait laissé des traces de son passage, bouche pâteuse, relents d'alcool, brûlures d'estomac. Je buvais un café par petites gorgées prudentes, le liquide brûlant m'anesthésiait le palais. Petit à petit le mal de tête s'estompait, je me décidais à sortir une nouvelle ramette de papier. J'avais promis à Ben d'étudier sa proposition, je me demande encore aujourd'hui pourquoi je me suis lancé dans cette histoire. Un tel comportement dépassait tout entendement logique, mais quelque fois la raison échappe aux plus raisonnables, et dans ce domaine, j'ai des circonstances atténuantes.

Il faut dire que dès que j'ai pris mon stylo encre, les mots se sont alignés, les phrases se sont succédées si rapidement, les personnages se bousculaient, les pages se noircissaient. Et puis j'avais un contrat à honorer.

Lorsque tout s'enchaîne je sais bien que c'est bon signe, pourtant il peut s'agir d'une simple illusion. L'édifice finit alors par s'écrouler et il n'y a rien à faire, au feu les feuilles, tout est à recommencer.

Et puis, surtout, il y avait l'incertitude. Etait-ce vraiment une bonne idée? Mais ça c'est le doute permanent de tout créateur, cette hésitation continue dont il faut bien s'accommoder, qu'il faut apprivoiser et puis oublier, pour avancer malgré tout. Pourtant un autre sentiment s'immisçait sournoisement dans mon esprit, comme une sorte de culpabilité. Un peu comme un fumeur qui s'est arrêté de fumer depuis trois mois et qui, retrouvant un vieux paquet de cigarettes dans un tiroir, tente de réfréner une envie terrible, celle de succomber à ce plaisir diabolique.

L'objet du délit est là, il le regarde, le prend dans ses mains, hésite. Fumer après trois mois d'abstinence quel échec! S'abstenir encore, voilà la solution évidente, la plus sage. Pourtant le plaisir est juste là, à portée de main, si facile et si difficile en même temps. Prendre le risque de faire basculer soudainement trois mois de parfaite réussite, d'abstinence émérite, dont tout son entourage le félicite jour après jour. Quelle folie! Pourtant ce n'est qu'une cigarette, et il est persuadé que celle-là sera si bonne, qu'il saura l'apprécier plus que toutes les autres.

Il se décide, on ne vit qu'une fois après tout, il va la fumer. Et puis une seule cigarette, c'est franchement inoffensif, non? Il marque un temps d'arrêt, ce n'est pas ce petit rouleau de tabac qui pose un problème, à lui seul, il n'a rien de si dangereux. Non ce qui le fait hésiter c'est qu'il va en quelques secondes remettre le compteur à zéro, trois mois de perdus. Et s'il ne résiste pas maintenant, qu'adviendra-t-il des jours suivants? Tout bien réfléchi, le risque est grand de voir son abstinence héroïque transformée en échec.

Alors il décide que cette entorse restera secrète, personne n'en saura rien, il gardera ainsi sa dignité et recevra encore les encouragements admiratifs de tous ceux qui mesurent pleinement les efforts surhumains qu'il doit déployer chaque jour et chaque minute. C'est décidé, il va l'allumer, il la porte à ses lèvres et se délecte déjà des quelques minutes à venir.

Un dernier soubresaut, le doute ultime, un obstacle qui remet tout en cause, il laisse l'allumette se consumer toute seule. Et si la culpabilité venait gâcher son plaisir! Quel échec cuisant alors! Perdre sur tous les tableaux, ce n'est pas envisageable. Une seule solution vraiment raisonnable s'impose alors, surtout ne pas culpabiliser, il craque une nouvelle allumette, et aspire une longue bouffée.

J'ai donc continué. Mon poignet me faisait mal, c'était bon signe. Je ne pouvais plus revenir en arrière, même si la mort annoncée de Ben, que j'allais orchestrer avec son assentiment, me donnait parfois le vertige. Mais après tout, qui était Ben ? Un pauvre flic miteux, rien de plus. Et puis tout cela devenait si abstrait, une histoire de papier, rien de plus, où était la réalité dans tout ça?

Je me disais qu'un tueur doit procéder de la même façon, son acte devient si abstrait, tant il est prémédité, préparé, digéré par le cerveau, avant que le coup fatal ne soit porté. Un coup d'une telle brièveté, qu'il en devient anecdotique. Le plus long et le plus marquant c'est ce qui c'est passé avant, et qu'en restera-t-il finalement? De vagues élucubrations cérébrales tout au plus.

Petit à petit, la future mort de Ben devenait secondaire, dérisoire, irréelle même, une scène comme les autres, dans un scénario dont les fils se nouaient sous mes yeux.

Malgré tout, j'avais quelque fois un pincement, léger il est vrai, mais tout de même je me sentais coupable de ne pas envoyer Ben chez un médecin, ou au moins de prendre contact avec quelqu'un de sa famille ou de ses amis, pour mettre fin à ce délire morbide. Mais d'un autre côté, depuis qu'il m'avait lancé dans cette histoire, je m'étais transformé, je me rasais tous les jours, j'allais régulièrement à Central Park pour m'oxygéner, j'avais sévèrement réduit ma consommation de Martini chez Jennifer, je mettais de l'eau de toilette tous les matins et je faisais au moins un vrai repas par jour. Une véritable métamorphose, et tout cela grâce à Ben. J'étais condamné à continuer, même si la vie de mon sauveur en dépendait, on verrait plus tard.

C'est à Central Park que je l'ai revue, elle mangeait un sandwich, assise seule sur un banc. On s'était rencontré un ou deux mois auparavant, dans un pub lors d'un Happy-Hour, les verres défilaient jusque dans la rue. Ne prendre qu'une seule consommation lorsqu'on arrivait au comptoir était pure folie. Chacun revenait les mains pleines offrant autour de lui les godets moitié prix, certain de récupérer la mise au prochain passage. Mes quatre gobelets de bière ne trouvaient pas acquéreur, et ma situation devenait de plus en plus inconfortable. Et c'est là qu'elle est arrivée, avec ses yeux verts, ses longues boucles châtain, ses lèvres épaisses et son sourire magique.

-Je vous débarrasse?

-Volontiers!

Et nous nous sommes retrouvés face à face, avec un verre dans chaque main. Elle riait, elle rayonnait, elle parlait, elle buvait, simples banalités dont tout le monde usait et abusait autour de nous. Mais elle, c'était pas pareil, c'était pas banal, c'était beau, enfin c'est surtout qu'elle était belle.

Je me souviens qu'on a beaucoup parlé, mais je ne sais plus de quoi, qu'on a beaucoup bu aussi, de la bière, beaucoup de bière. On s'est embrassés, ça je m'en souviens, et c'était bien. Puis elle a voulu me donner son numéro de téléphone, mais on n'avait pas de quoi noter, alors elle m'a donné son nom, mais ça aussi je l'ai oublié, je n'ai retenu que son prénom : Suzy.

* * * * *

Laurence avait encore un dernier cours de dessin à donner, pour des étudiants de troisième année. Le travail qu'elle avait entrepris avec ce groupe, portait essentiellement sur l'imaginaire et la retranscription des images mentales. Elle avait commencé par faire travailler ses élèves sur les sons, des bruits, des musiques, des chants, tout cela donnait lieu à des dessins, aux similitudes parfois étonnantes.

Après les sons, elle était passée aux expressions, aux phrases, et cette fois-ci un texte.

-Bonjour à tous, nous avons vu la dernière fois, que les mots avaient un fort ancrage au fond de notre imaginaire, et ceci bien au-delà des sens qu'ils peuvent recouvrir. Il est évident pour chacun d'entre vous, enfin j'espère, que la retranscription symbolique d'une expression n'est que le balbutiement de ce que peut générer notre imagination. Il faut donc dépasser ce premier stade et se laisser envahir par l'essence même des mots et des idées qui les sous-tendent. N'est-ce pas Dominique? Vos cercles concentriques pour évoquer l'infini n'étaient que le début maladroit d'une expression plus profonde de l'idée de non finitude. D'accord?

-Oui madame le Professeur de dessin!

-Oh! Je n'en demande pas tant Monsieur l'élève, cessez donc de papoter avec votre voisine, et je serai pleinement comblée. Donc aujourd'hui, vous allez travailler l'imaginaire sur un texte, que votre camarade Dominique va vous distribuer. Il s'agit de l'extrait d'un roman : « Best Seller » de Maurice Karle. Dans ce passage, un personnage est en proie à un doute, une hésitation, qui petit à petit se transforme en véritable culpabilité, doit-il continuer ce qu'il a entrepris, même si cela peut entraîner la mort de celui qui l'a tiré d'un mauvais pas? Doit-il continuer à écrire ce roman dont il a la conviction que ce sera le meilleur, même si son commanditaire et inspirateur, doit y laisser la vie?

-Il n'a qu'à changer d'aspirateur, et puis voilà! Ha ! Ha ! Ha !

-Très drôle Dominique, décidément aujourd'hui, je sens que vous êtes vraiment très inspiré. Attention, le plus important n'est pas de savoir quelle décision devrait prendre le personnage, ni de se demander quelle apparence il peut avoir, non. Ce qui nous intéresse, c'est la représentation d'un état, d'une façon d'être, qui dépasse cette situation singulière. Comment représenter cette tension, cette émotion? Trouvez une image maîtresse, qui pourrait faire office de concept, un peu comme une racine latine dont les dérivés sont autant de variations d'un concept premier….

Un peu comme logos, qui signifie étude, pourra donner biologie, l'étude de la vie, sociologie, l'étude de la société et ainsi de suite. Cherchez une image qui fasse fonction de logos dans l'évocation de l'état de ce personnage, qui soit une racine, une base dont on puisse décliner des dérivés de façon évidente.

Dominique avez-vous saisi?

-Tout à fait madame le Professeur.

-Très bien, j'espère que vos camarades aussi. Donc rendez-vous la semaine prochaine avec vos esquisses. Et attention, laissez les images venir à vous, même si c'est un peu long. Soyez patients, ne vous jetez pas sur le papier, prenez votre temps, mais soyez dans les temps. Au revoir à tous et bon courage.

Le calme laissa la place au brouhaha, aux bruits de pas et de chaises, mais en quelques minutes la salle se vida et le silence reprit ses droits.

-Et bien ma chérie heureusement que tu ne parles pas comme ça tous les jours, il faudrait un interprète pour tout saisir.

-Philippe! Tu m'as fait peur! Ça fait longtemps que tu es là?

-Non, j'ai seulement entendu la fin, chapeau! Je crois que je n'ai pas tout compris, mais vraiment, bravo! C'était très fort.

-Qu'est-ce que tu fais là?

-Je t'invite!

-Tu m'invites?

-Et bien oui, tu n'as pas une petite faim?

-Mais quelle heure est-il?

-Midi!

-Mon Dieu! Déjà?

-Tous les mêmes ces intellectuels, quand ils se mettent à réfléchir, il n'y a rien à faire, plus rien n'existe autour d'eux.

-Choucroute?

-Mais tu as vraiment faim finalement.

Laurence adorait le Gambrinus, d'une part car c'était une brasserie magnifique, mais aussi parce qu'elle y avait des souvenirs, les premières sorties du temps du lycée, les premières cigarettes, les premières amours, les moules frites, les Monaco, les Panachés, les Demis, les Babys, les discussions passionnées et sa première rencontre avec Philippe.

Il restait juste deux places à côté du bar, la salle était en ébullition, les plateaux dansaient à bout de bras, les discussions s'entrechoquaient bruyamment, et la patronne faisait tinter sa vieille caisse enregistreuse sans discontinuer.

-Allô! Allô! Deux pressions et deux choucroutes!

Le serveur était reparti dans une valse endiablée à l'autre bout du restaurant.

-Tu as cours cet après-midi?

-Non, terminé pour aujourd'hui! Ouf!

-Dis-moi, il est bizarre cet étudiant, tu sais celui que tu as repris tout à l'heure.

-Ha! Dominique, il est toujours comme ça, très provoc, au début ça surprend, puis on s'y fait, c'est quelqu'un de brillant, mais il a un relationnel un peu particulier.

-Un peu frimeur non?

-Je dirais plutôt, suffisant.

-Si tu veux, c'est pareil, un ptit con quoi!

-Ça c'est lapidaire, mais c'est un peu vrai. Tu es jaloux?

-Absolument, la prochaine fois que je le croise, je le mets en garde à vue.

-Abus de pouvoir!

-Chacun ses armes!

-Au fait tu ne m'as pas dit ce que tu faisais là. Tu enquêtes sur mes étudiants?

-Non, c'est plus triste que ça, René est mort.

-René, ton ex collègue? Celui qui était malade?

-Oui, ça faisait à peine trois mois qu'il était à la retraite.

-Il est mort de quoi?

-Suicide à première vue, mais c'est pas très net, et puis un ex flic, on fait toujours une enquête.

La choucroute fit son entrée sur la table, mettant fin immédiatement à la discussion. Il faut dire que le chou, les saucisses de Francfort, les pommes de terre, les carottes, le jambon, la poitrine, les baies de genièvre et la bière ne laissaient pas de place au débat. Les papilles étaient sur la brèche, les estomacs ne demandaient qu'à se remplir, et les mâchoires faisaient leur travail sans discontinuer, mastiquant avec un réel entrain.

Un instant de bonheur en quelque sorte, où la seule préoccupation est de manger, venir à bout de son assiette et de son verre. Un instant où plus rien ne compte qu'absorber et apprécier chaque bouchée, comme si chacune était exceptionnelle, unique, sans égal.

Puis vient enfin le calme qui suit la tempête, le rythme s'apaise, les derniers morceaux de saucisses sont piqués beaucoup plus calmement, on prend le temps de boire une gorgée, de lancer un regard furtif sur les voisins pour voir où ils en sont, et les corps s'avachissent, les esprits se détendent, une légère, mais persistante envie de sucré pointe sur le bout de la langue.

-Et bien! Toi aussi tu avais faim... Dis-moi, ton ex collègue, il est mort quand?

-Dans la nuit très certainement.

-C'est curieux, ça me fait penser à un bouquin que je lis en ce moment, ça n'a sûrement rien à voir bien sûr, mais c'est étrange, ça m'y fait vraiment penser. Tiens, c'est justement un extrait de ce livre que j'ai donné à mes élèves tout à l'heure.

-Et qu'est ce que c'est? ... Tu veux un café?

-Oui, t'as des cigarettes?

-Tu te remets à fumer?

-Juste une, pour le café.

-Je me demande comment tu fais...

Philippe n'avait pas résisté devant la mousse au chocolat, conscient de l'excès qu'il faisait là.

-A chacun son péché mignon, toi c'est la mousse au chocolat, moi c'est une cigarette. Je ne sais pas lequel des deux est le pire.

-Moi non plus, alors ça sera les deux, comme ça pas de jaloux.

Au bonheur salé et choucrouteux, succédait le sucre, la caféine et la nicotine, quels délices!

-Alors ce bouquin?

-Oui, c'est un livre de Maurice Karle...

-???

-Mais si tu le connais c'est un gars du coin, il habite dans un vieux Mas des Costières, je ne sais plus où exactement...

-Bon et c'est lui qui a écrit le livre?

-Voilà, et c'est l'histoire d'un écrivain américain, qui fait des Best-Sellers, c'est son titre d'ailleurs, et qui est en panne d'inspiration. Un jour il rencontre un ex flic à la retraite, à moitié alcoolo et catarrheux, qui n'a d'ailleurs plus que quelques mois à vivre. Les deux hommes se lient d'amitié, se confient leurs problèmes etc... Le flic voit bien que le romancier est à bout et que plus rien ne sort de son imagination complètement tarie, alors il lui propose une idée de roman qui à coup sûr sera le plus gros Best-Seller qu'il n'ait jamais publié.

En fait c'est une idée un peu folle, d'ailleurs l'écrivain le prend très mal au départ, et il refuse catégoriquement d'écrire la moindre ligne là dessus.

-Et donc?

-Et donc, il revient finalement sur son idée, et accepte le marché.

-Quel marché?

-Et bien il accepte de raconter le meurtre du flic, qui aura vraiment lieu après la sortie du livre.

-???

-Et bien oui, l'idée de raconter un meurtre qui n'a pas encore eu lieu exactement de la façon dont il va se produire, c'est assez génial, il faut s'attendre à ce que tout le monde s'arrache le livre, dès que le lien avec l'assassinat sera établi.

-Mais dis-moi, il est un peu tordu ton Karle non?

-C'est un peu spécial c'est vrai, mais il faut voir, je n'en suis qu'au début.

-Et pourquoi il n'écrit pas des histoires qui se passent dans la région? S'il habite par ici, c'est vraiment dommage. Les Etats Unis, c'est bon, ils ont ce qu'il faut entre les films, les disques et les Mac-Do, si les français en rajoutent, alors...

-C'est un roman, il devait avoir ses raisons, peut-être que ça se vend mieux si ça se passe en Amérique, va savoir. Si ça se trouve, c'est son éditeur qui le lui a demandé.

-Enfin je ne vois pas trop le rapport avec la mort de René, hormis que c'était un flic à la retraite. Tu crois qu'il a inspiré Karle?

-Non, je n'en sais rien, ça me faisait penser à ce bouquin c'est tout...

-Et donc le passage que tu as donné à tes étudiants, c'est lorsque l'écrivain se demande s'il a bien fait d'accepter l'idée du flic déjanté, c'est ça?

-Oui, c'est pas évident pour lui, accepter, c'est aussi admettre que le flic va mourir...

-Pourquoi, il meurt pour de vrai?...

-Bien sûr que non, c'est un roman, patate. Non je rigole, je n'en suis pas encore là dans ma lecture, mais je te le passerai quand j'aurai fini, d'accord?

-Heu!…

-Allez, ça te changera de l'Equipe et de Tiercé Magazine…

-Tiercé Magazine? L'Equipe je veux bien, et encore pas tous les jours, mais l'autre, là tu exagères.

-Tu l'as jamais pris?

-Toi tu me cherches…

-Moi? Pourquoi?….

Philippe était reparti, Laurence avait décidé de déguster son après-midi au bord de la mer, il faisait beau mais encore trop frais pour se baigner, la longue étendue de sable était déserte. Hormis un voilier posé sur l'horizon, et un pêcheur de tellines accroché à son râteau, de l'eau jusqu'à la taille, il n'y avait personne sur la plage.

La jeune femme ouvrit son sac, en sortit son livre et ses lunettes de soleil, se cala douillettement contre la dune et se replongea enfin dans sa lecture.

* * * * *

Elle venait de finir son sandwich. Quelques miettes sur sa robe noire, qu'elle chassa du revers de la main, la serviette en papier, qu'elle froissa en boule et laissa tomber dans la corbeille, ses lunettes de soleil qu'elle laissa glisser sur son nez. Tout se déroulait naturellement, sans faux mouvement, sans temps mort, un peu comme une scène bien huilée, la perfection. J'étais sous le charme.

Elle a sorti un livre de son sac, j'ai immédiatement reconnu la couverture : au premier plan, un chien assis sous la pluie, en arrière plan, un peu flou, une femme en train de courir, on ne voit que ses jambes terminées par des bottines en cuir. En rouge le titre : « Un été de chien », au dessus, le nom de l'auteur : Harry KENT.

-Ça fait toujours plaisir de rencontrer un lecteur, d'autant plus quand c'est une lectrice, et qu'elle est aussi charmante.

-Harry! Je ne pensais pas vous revoir un jour…

-Le hasard Suzy, vous habitez par ici?

-Non, je travaille par ici, nuance! Pourquoi une lectrice?

-Et bien c'est mon livre!

-Votre livre?

Là elle a eu un geste de gamine de dix ans, style: « mais c'est le mien! », en plaquant le bouquin contre sa poitrine.

-Enfin, je veux dire, c'est moi qui l'ai écrit.

-Vous plaisantez?…

-Pas du tout, Harry Kent, c'est moi. Vous ne le saviez pas?

-Non, Harry je savais, mais Kent, non. Merde alors!

-Je ne vous le fais pas dire.

-Excusez-moi…

-Je vous en prie!

Il est vrai que ma photo en quatrième de couverture ne datait pas d'hier, mais je pensais vraiment qu'elle m'aurait reconnu. J'avais même imaginé qu'elle avait acheté ce livre après m'avoir rencontré la dernière fois. Et bien non, je mettais un mouchoir sur mon ego, tout ceci n'était que le fruit du hasard et rien d'autre, quelle déception! Et même pire que ça, elle n'avait pas encore lu ce roman. Pourtant « Un été de chien », avait fait un tabac il y a … Oh! Pas loin de dix ans maintenant.

-Oui, maintenant que vous le dites, on vous reconnaît bien là.

-Voilà qui me rassure. Et vous, comment vous appelez-vous?

-Lincoln! Oui comme le président, mais je ne suis pas sa femme.

-A vrai dire je m'en doutais, mais je pensais plutôt à la chanteuse. Vous ne chantez pas?

-Si, mais uniquement sous la douche et vraiment très faux.

-Trèfo?

-Pas juste… Je chante faux, et même très faux. Et vous?

-Seulement dans mon bain, mais pas très juste.

Parfois les gens se sous-estiment, ils vous disent qu'ils ne savent pas faire les gâteaux et vous vous apercevez le jour où vous les invitez, que le dessert qu'ils ont amené en disant modestement : « j'espère que ça ne sera pas trop mauvais… », est vraiment délicieux, alors que vous, vous avez réellement raté le clafoutis aux abricots, qui trône lamentablement au milieu de la table;

idem ceux qui jouent d'un instrument et qui se cachent derrière un: « Je vous assure que je suis vraiment très mauvais... », et qui vous couvrent de honte le jour où vous sortez votre guitare, parce que croyant bien faire, pour les mettre à l'aise, vous plaquez les mauvais accords que vous avez appris tout seul au lycée il y a vingt ans, et que ces sans-gêne vous sortent un arpège de derrière les fagots, qui vient définitivement ravaler au rang de sous-produit vaguement musical votre bien maladroite contribution. Et le plus souvent ils en rajoutent dans le style : « Bon c'est pas terrible hein?! », tout en continuant à gratter votre instrument qui n'a jamais eu l'occasion de sonner aussi juste et aussi bien entre vos mains.

Tout est relatif, c'est vrai, mais c'est tout de même mieux quand les relatifs s'accordent. Et c'est le cas avec Suzy, elle chante effectivement faux dans mon bain, et même en dehors. Pour ma part, c'est légèrement juste, mais très légèrement. Elle ne sait pas non plus faire la cuisine, mais elle m'avait prévenu. Quoique, je crois bien n'avoir jamais vu ça, rater une omelette, c'est un handicap sérieux, du coup ma cuisine lui est rigoureusement interdite. Quant à mon lit, je le partage avec plaisir, beaucoup de plaisir. Il faut dire que notre relation quoique irrégulière n'en est pas moins intense et intime.

Hormis ça je ne connais rien de Suzy. A vrai dire elle me connaît mieux que je ne la connais. Elle a aussi fini par faire la connaissance de Ben. « Un brave type, mais il n'est pas très étanche non? » m'a-t-elle dit lorsqu'on s'est retrouvés tous les deux. Bien sûr je lui demandais ce qu'elle entendait par : « pas étanche! », elle m'a tout d'abord précisé qu'en fait il était « troué », je lui faisais part de ma perplexité, l'invitant à préciser plus clairement sa pensée. « Comment te dire? Il est percé voilà tout. » Face à ma perplexité, Suzy entrepris une explication de texte au cours de laquelle j'appris que : pas net, pas clair, déglingué, pas étanche, percé… n'étaient ni plus ni moins que des expressions synonymes, dont l'évidente poésie ne pouvait que me séduire, moi « l'homme de lettre. » Bref, Ben avait un côté loufoque, un brin alcoolo, qui me plaisait bien et que Suzy n'appréciait que très moyennement.

Le roman sur lequel je travaillais, était encore classé dossier top secret, seul Ben était dans la confidence. Chaque semaine je lui lisais les derniers passages que je venais d'écrire. C'était un instant privilégié, il s'installait dans son fauteuil, allumait un petit cigarillo, fermait les yeux, m'offrait totalement ses deux oreilles, hochant la tête par intermittence en signe d'approbation, un peu comme un mélomane qui dégusterait le dernier enregistrement de la Bartoli dans la « Flûte Enchantée ».

Je ne m'étais pas rendu compte à quel point ces moments étaient précieux. Ils étaient même devenus nécessaires, ce sont eux qui me permettaient de continuer avec autant d'efficacité. Pourtant je ne pouvais pas continuer ainsi, il fallait que j'en parle à Suzy. Elle a bien vu que quelque chose n'allait pas, alors je n'ai pas résisté, je lui ai fait lire ce que j'écrivais.

-Mais, ce personnage là, le flic complètement ravagé, c'est Ben!

-Tu as trouvé?

-C'est l'évidence même.

-Qu'est-ce que tu en penses?

-C'est bien, mais c'est étrange…

-C'est à dire?

-Et bien, il va vraiment se faire tuer?

-C'est gênant?

-Tu ne trouves pas?

-Plus maintenant, mais j'ai vraiment beaucoup hésité.

-Tu as hésité, mais c'est monstrueux, ce pauvre type joue avec sa vie ou plutôt avec sa mort et tout ce que tu trouves à dire, c'est que tu as vraiment hésité?

-Mais il est malade, il est condamné…

-Ce n'est pas une raison… Je trouve que c'est malsain tout ça.

-Malsain, tout de suite les grands mots, tu disais toi-même qu'il était percé…

-Pas étanche…

-Oui, pas étanche, bref, pas normal quoi, voilà qui confirme tes soupçons, mais au moins il va jusqu'au bout de sa folie lui, c'est ce qui en fait un être supérieur. La plupart des gens ne vont pas au bout de leur délire, et même la plupart d'entre eux, n'ont aucun délire, aucune folie, une infinie platitude, sans relief, sans creux, sans bosses, sans surprises. Bien sûr ça choque, bien sûr ça fait bizarre, mais n'a-t-il pas raison au fond?

-C'est un peu facile tu ne trouves pas, sans lui pas de roman, pas de contrat, pas de succès, pas d'argent… les arguments vont bon train, sans lui et sa mort prochaine tu n'es rien…

-J'ai dépassé ça figure-toi!

-Tu en es sûr?

-Et bien la première fois qu'il m'a proposé ce deal, j'ai carrément refusé, et puis c'est vrai que je l'aime bien, alors pour lui faire plaisir, puis parce que c'est vrai, j'ai retrouvé l'inspiration, alors je me suis remis à écrire, et maintenant, même si j'ai encore quelques scrupules, je ne peux pas abandonner comme ça, tu comprends?

Suzy avait certaines difficultés à se ranger à mon argumentation, elle ne s'y rangea pas vraiment d'ailleurs, mais elle fut beaucoup moins virulente par la suite. J'écrivais pendant la journée, et pour ainsi dire plus du tout la nuit, un sacré changement dans mon rythme biologique. Une véritable métamorphose, invisible pour moi, mais évidente pour les autres qui me renvoyaient mon image comme autant de miroirs déformants. Ce fut tout d'abord Jennifer avec sa gouaille masculine : « Alors Harry ça gaze on dirait... », accompagnée d'un énorme clin d'œil faussement discret et d'un basculement de reins d'avant en arrière, qui en disait long sur les fantasmes de la patronne. Et Calvin, l'homme d'affaire avec lequel je n'avais jamais échangé plus de deux mots se limitant à la règle de courtoisie élémentaire : « Bonjour, bonsoir ». Voilà que cet homme, raide comme la justice, d'une discrétion maladive, se mit à me parler plus que de raison : « Et bien Harry, vous permettez que je vous appelle Harry? Je vous trouve en pleine forme. Votre compagne? Mademoiselle, enchanté! » Le jeune Hector aussi, sourire à pleines dents, pouce en l'air : « Elle est canon ta copine Harry! »

Tout allait pour le mieux, je passais la plupart de mes soirées avec Suzy, et chaque semaine je revoyais Ben. Le roman avançait, mes deux lecteurs privilégiés m'encourageaient à leur façon, Ben par ses : « Putain, ça c'est bien moi là, t'as tapé dans le mille, vrai de vrai mon gars. » Suzy par ses : « T'as pas encore fini cette histoire? Vivement que tu passes à autre chose. » Pour tout dire, je préférais les encouragements de Ben.

-Ne te laisse pas influencer par ta copine, Harry, ce que tu fais est excellent, crois-moi, tu seras le meilleur. Laisse les états d'âme aux autres.

-Une promesse est une promesse Ben! Ne t'inquiète pas!

-Je ne m'inquiète pas, enfin, pas pour toi.

-Qu'est-ce que tu veux dire?

-Que mes jours sont comptés Harry, tu n'as pas oublié?

Il est vrai que les quintes de toux devenaient de plus en plus violentes et de plus en plus nombreuses. Ses sorties sur le perron de sa villa, bouteille de whisky dans une main, cigarette dans l'autre, étaient devenues un rituel. J'attendais, assis sur ma chaise à côté de son fauteuil resté vide, juste recouvert d'une couverture à carreaux délavée, qui n'avait jamais dû connaître le pressing. Je gardais mes feuilles à la main, attendant son retour, juste pour faire comme si rien ne s'était passé. Demander simplement si ça allait était devenu impossible, c'était la porte assurée.

Je savais bien que ses jours étaient comptés, et je comptais les pages, finir avant qu'il ne soit trop tard, j'ai eu ces idées là. Mais comment faire autrement? Cela faisait partie du jeu, il fallait finir dans les délais, sinon plus rien n'avait d'intérêt. Je dois tout de même l'avouer, j'ai eu quelques scrupules, mais après tout, écrire plus vite que la mort, c'était si excitant, c'était un peu comme si c'était moi qui allait mourir, il fallait gagner la course à tout prix. Je me disais pourvu qu'il ne crève pas, pas maintenant, plus tard, que j'ai le temps de finir.

Une mort prématurée, c'est-à-dire avant la sortie du livre, et c'était moi qui crèverais pour de bon. Mes dettes, mon éditeur, tout le monde allait me sauter dessus, les charognards seraient là, je n'avais aucun souci là dessus, ou plutôt l'inverse. Sans Ben, je ne pouvais pas finir, c'est lui qui m'indiquait la route à suivre, à chaque fois il me donnait la suite de cette putain d'histoire, et à chaque fois je disais : « Ah! Oui! » C'était évident une fois qu'il me le disait, mais j'aurais été incapable de le trouver tout seul. Une fois j'ai fait l'expérience, nous en étions au moment du procès, lorsque tout accuse l'écrivain. J'avais essayé d'imaginer la suite avant d'en parler avec Ben, j'étais à côté de la plaque, j'imaginais quelque chose de bien trop long, de bien trop compliqué. Avec lui au contraire c'était limpide, c'était clair.

Tout cela a quelque chose de diabolique, j'ai mis la mort de Ben par écrit, et je ne sais pas encore comment il va mourir, je sais seulement que tout le monde va penser qu'il est mort comme je le dis. C'est tellement vrai, et puis c'est un pro, il fera ce qu'il faut pour que l'on pense immédiatement à un meurtre. Je me demande comment il va faire, mais j'ai confiance et puis je me sens en sécurité, je sais qu'il ne va pas me demander de l'aide, il me faut un alibi en béton ce jour là, déjà, nos rencontres sont discrètes, à l'abri des regards.

Comme il me le dit souvent, « on va faire un carton, même si je ne le vois pas, toi tu verras et tu te souviendras de moi c'est certain. » C'est ce qui me rassure chez Ben, il est toujours sûr de lui. Il n'a pour ainsi dire que des certitudes.

* * * * *

Peut-être que sa fierté de mâle, agent de police de surcroît, avait été mise à mal, en tout cas Philippe s'était lancé dans la lecture que lui avait conseillée sa femme. Il n'avait même pas attendu qu'elle ait fini de le lire pour se lancer à corps perdu dans le roman. Un peu comme un affamé devant une table de banquet, jusqu'à l'indigestion. Tous ses temps morts se transformaient en temps de lecture, les repas étaient engloutis en quelques minutes et les pages défilaient dans l'urgence, comme si la vitesse d'absorption allait influer sur une fin qui devenait de plus en plus inexorable.

-...Quoique...

-Quoique quoi? Répondit Laurence sur un ton un peu agacé, le portable collé sur l'oreille et un sandwich en main gauche.

-Quoique si ça se trouve, c'est effectivement lui, non?

-Tu en es où?

-Juste avant la mort de Ben je pense...

-Et bien alors, tu n'as pas encore assez d'éléments.

-Oui, mais Claude, tu sais mon collègue, le grand chauve...

-Et bien?

-Et bien il le lit aussi et il me disait qu'après tout, ça pouvait bien être l'écrivain.

-Tu as un collègue qui lit? Il faut prévenir la presse, envoyer une dépêche à l'AFP...

-Très drôle, vraiment... en tout cas, il pense comme toi!

-C'est à dire?

-Qu'il pourrait y avoir un lien avec la mort de René.

-Vraiment ce Claude a beaucoup de qualités...

-Je lui ferai la commission. A ce soir!

Philippe regrettait déjà d'avoir appelé Laurence, elle l'avait énervé pour la journée. Il savait que ce n'était qu'un jeu, elle adorait le faire enrager avec ses réflexions un peu lourdes sur les flics. Mais bon, il y a des jours où ça ne passe pas. Il jeta négligemment le bouquin sur le siège du passager, comme on lance un défi dont on est sûr de sortir vainqueur, s'alluma une cigarette et sortit pour aller chercher le journal.

Rapidement parcouru, le canard est avant tout nécessaire pour les pronostics du tiercé et accessoirement pour les informations locales, survolés pour le principe.

Lorsqu'il parcourt une page d'écriture, et le journal plus particulièrement, le regard est vagabond, il s'arrête où bon lui semble, attiré par un mot, une lettre, une photo, bref il y a là quelque chose de non maîtrisé, comme une association libre, un travail psychanalytique parce qu'inconscient ou presque. Et il arrive souvent que de ces survols imprévus on ramène quelque chose que l'on ne serait jamais allé chercher. Cela donne des réactions du type : « Ben ça alors! » Ou encore : « T'as vu ça? ! » Et même : « Merde alors! ».

-Merde alors!

C'est précisément ce qui venait d'arriver à Philippe, lorsqu'il vit à la page région : « Ce soir à la librairie des Arènes, à partir de dix huit heures, Maurice Karle dédicacera son dernier roman : Best Seller ». Suivait un article sur l'auteur et ses origines, espagnoles par sa mère, bretonnes par son père, se nourrissant de toutes les influences que pouvait lui apporter ce métissage culturel et géographique.

Il fallait y aller c'était une certitude, mais fallait-il prévenir Laurence? Qu'allait-elle encore faire comme réflexion? Encore quelque chose du style : «Vas y si ça t'amuse, moi il n'est pas question qu'il gribouille sur mon livre.... ». Par ailleurs, ne pas la prévenir, c'était s'exposer à des reproches sans fin, dont Philippe n'osait même pas imaginer le style. La sonnerie du portable mit fin à cette réflexion. Claude venait de faire la même découverte, dans le même journal et certainement de la même façon.

Karle avait une tête plutôt sympathique, environ la quarantaine, légèrement grisonnant, un peu rondouillard, d'humeur joviale, style bon vivant, tout à fait le contraire de ce que l'on pouvait imaginer lorsqu'on avait lu ses quelques romans. D'ailleurs, l'espace d'un instant, Philippe s'interrogea sur le bien fondé des informations rapportées par le journal. Mais sa voisine de droite lui confirma bien l'identité de l'auteur, qui la confirma lui-même en se présentant à l'assemblée finalement assez nombreuse ce jour là.

Dans un premier temps le discours de l'écrivain échappa totalement à Philippe, préoccupé par deux questions fondamentales, à savoir : petit a, était-il opportun de faire signer le bouquin? L'auteur étant là, c'était donc l'occasion.... Bref pourquoi pas, mais que demander comme dédicace?

Petit b, fallait-il appeler Laurence, avant qu'elle ne fasse une crise? Certainement, mais n'était-ce pas trop tard? Certainement!

Au final, les questions furent mises de côté, et la voix de Karle se fraya enfin un chemin jusqu'aux oreilles de l'inspecteur.

« ...oui, c'est une remarque qu'on m'a déjà faite. Il est vrai que le Harry a quelque chose de Faust, en ce sens qu'il se vend à son éditeur et à Ben, le flic retraité. D'une certaine façon il culpabilise, il sait bien qu'il est directement impliqué dans la tragédie qui se trame au fur et à mesure qu'il écrit, mais il écrit justement. Pour lui, c'est un peu comme une résurrection, il aurait pu tout arrêter, en tout cas il le pensait, mais il s'est retrouvé comme un ancien fumeur à la fin d'un bon repas, avec une tasse de café fumant et un paquet de cigarette oublié dans sa poche. Il a craqué, tant pis pour le cancer. »

Philippe avait levé le doigt.

-Oui, monsieur…

-Bon je n'ai pas encore tout lu, mais n'y aurait-il pas dans votre roman cette idée que l'écriture est à l'origine d'un événement, et non l'inverse ?

-J'espère que vous allez le finir!

-j'y compte bien.

-Parfait, sur ce point au moins, nous sommes d'accord. Mais pour répondre à votre question il y a effectivement de ça, et c'est finalement une idée presque banale quand on y réfléchit. Le roman d'Harry Kent va induire une mort - je n'en dis pas plus pour garder le suspens, il faut respecter ceux qui n'ont pas encore lu, et vous qui n'avez pas encore terminé – c'est une sorte de journal inversé, l'événement n'est pas relaté, il est créé.

Un autre doigt se lève dans l'assistance, une femme d'un certain âge, sur un ton autoritaire :

-Et c'est une idée qui vous est venue comme ça?

-Pour ainsi dire, l'idée m'est venue tout simplement. J'étais au restaurant avec un ami, qui vend des poussins, ça marche pas mal d'ailleurs, il raccroche son téléphone et sur son agenda il note : « Livraison de 3000 poussins d'une semaine » à la date du 20 décembre. Imaginons que quelqu'un tombe sur cet agenda quelques mois plus tard, il ne saura pas si cette note a été écrite parce que les poussins ont été livrés ou si les poussins ont été livrés parce que la note a été écrite. Vous me suivez?

Un autre doigt se lève.

-C'est un peu l'histoire de la poule et de l'œuf, on ne sait pas lequel était là le premier.

-Oui, et si ce que je croyais être l'effet, n'était pas la cause en réalité?

Philippe venait de voir arriver Claude. Il lui fit signe perché sur la pointe des pieds, et se dirigea vers lui.

-Alors il est comment?

-Pas du tout comme je l'imaginais, en fait c'est un gros nounours grisonnant, plutôt sympathique.

-Pas une tête de tueur quoi! Ni de désaxé!

-Et bien non, le gars pépère, mais qui gamberge, il faut suivre quand il commence à parler de son bouquin, plutôt intello.

-C'est la moindre des choses pour un écrivain. En tout cas il est pas mal son livre, je vais le faire dédicacer.

Assis devant une large table, Maurice Karle s'était lancé dans les signatures, il y avait là comme une sorte de rituel. Chacun arrivait roman en main, avec une phrase du style : *vraiment j'ai adoré,* ou plus flatteur, *c'est sûrement le meilleur policier que j'ai lu depuis longtemps,* (bien que le terme policier fit relever le sourcil du romancier), plus court, *j'ai adoré,* encore plus court, *super!*

Philippe, qui faisait ses débuts dans cette approche intime d'une star, échafaudait une stratégie au fur et à mesure qu'il s'avançait vers la table. Plus que trois personnes devant lui, il fallait absolument trouver une entrée en matière. Il était indéniable qu'il avait le trac, la peur d'être ridicule, ne pas savoir quoi dire, quoi répondre. La situation était très différente de ce qu'il pouvait vivre en tant que flic, où le plus souvent c'est l'inverse qui se produit, c'est lui qui intimide son interlocuteur. Mais là, il s'agissait de passer incognito, pas question de se présenter comme inspecteur de police, anonyme, banal même.

Cependant il fallait trouver une tactique qui permette d'amener une question sans que cela passe pour un interrogatoire, lutter de tous ses neurones contre cette déformation professionnelle qui donne au moindre point d'interrogation un air inquisiteur. Faire l'habitué semblait être la bonne solution, mais n'était-ce pas trop agressif? Plus qu'une personne devant, après c'était son tour, il fallait se décider.

-Philippe!

-Maurice, enchanté!

Pourquoi cette réaction? Personne n'avait eu droit à cette répartie jusqu'ici. Que se passait-il? Avait-il été trop agressif? Ou le contraire? Etait-ce une blague? Les questions se bousculaient dans le crâne du policier qui sentait quelques gouttes de sueur perler sous ses aisselles. Il fallait gérer le stress, tout le monde avait les yeux braqués sur lui, sourires appuyés en direction de Karle qui semblait satisfait de son effet.

-Dites-moi cher Philippe, que voulez-vous que j'écrive?

Non, là c'était trop, il n'avait demandé ça à personne, pourquoi cette question? Les gouttes de sueur dégoulinaient tout le long de ses flancs, cela devenait insoutenable. Trouver une répartie.

-C'est vous l'écrivain!

-Bravo, comment avez-vous trouvé? Vous êtes de la police?

Philippe nageait dans la transpiration, il était en plein sauna, il faisait au moins quarante degrés, tout son organisme était en surchauffe. Se retenir, ne pas dire : « Comment avez vous deviné? » ou péremptoire « Vous ne croyez pas si bien dire, inspecteur Caras » et exhiber sa carte tricolore.

-Lieutenant Columbo! Ma femme vous adore.

-Très bon, c'est pour votre femme alors?!

L'inspecteur n'était pas mécontent de son effet, il avait hésité entre Nestor Burma et Maigret, et s'était finalement rabattu sur Columbo. Le choix s'avérait excellent, « Inspecteur Nestor Burma » ça faisait long, il aurait fallu tenir la distance sans bafouiller, « Commissaire Maigret » ça faisait vraiment trop sérieux, et puis d'une autre époque, il y avait un côté Pompidou dans le personnage, manque d'énergie. « Lieutenant Columbo », voilà qui était parfait. D'ailleurs les rires confirmèrent l'ingéniosité de ce choix. Dans le même temps la température s'abaissa, la transpiration se figea et Philippe esquissa même un sourire, reprenant un rythme respiratoire normal. Profitant du léger brouhaha qu'avait engendré sa répartie, il se surprit même à poser une question.

-Dites-moi, vous avez vu dans les journaux, la mort de ce flic à la retraite, je n'ai pas pu m'empêcher de faire le lien avec vous…

-Vous pensez qu'il a joué le même rôle que le personnage de mon roman et que je vais toucher le pactole? Vous n'êtes pas lieutenant pour rien vous, il va falloir que je me méfie. Si je vous dis que c'est une simple coïncidence, vous me croirez?

-Comme le dit si souvent ma femme, il n'y a pas de fumée sans feu.

Les deux hommes échangèrent une poignée de mains sincère.
-Bonne lecture Lieutenant!

* * * * *

Voilà, terminé, je venais d'écrire le mot fin. Je soupesais la liasse de feuilles avec plaisir. Tout était là dans ce petit tas de papier. Il fallait arroser ça, je passai prendre une bouteille de whisky, et filai direct chez Ben. J'étais comme un gamin le jour de Noël, tout devenait simple, facile, un seul objectif, torcher enfin cette bouteille, depuis le temps que j'étais à la diète. J'en avais marre de ce régime d'ascète. Je ne regrettais rien cependant, sans un minimum de rigueur je n'aurais pas abouti, et Suzy y était pour beaucoup, Ben aussi, à sa façon, mais là j'avais envie de marquer le coup, ce jour n'était pas comme les autres. Il fallait faire une cassure, ne serait-ce que pour justifier le mot Fin.

Et puis je sentais que c'était bon, même si Ben ne mourrait pas, ça ne changeait rien, on allait faire un carton, il fallait que je le lui dise. Pas question de changer quoi que ce soit au contrat, je mettrai l'argent sur son compte numéroté comme prévu, mais il pouvait vivre encore. Une certaine euphorie s'était emparée de moi, et tout en marchant, je pensais à mon éditeur, qu'allait-il penser lui? Et s'il trouvait ça complètement nul. « Harry tu as fait de la merde, c'est pas avec ça qu'on fera un carton. » Il me semblait l'entendre avec sa voix de roquet jamais satisfait. Qu'est-ce que je ferai ? Je téléphonerai à Ben, pour lui dire, « Ben, ça serait pas mal que tu meures là, parce que les ventes ça va jamais décoller tout seul. » Non, je ne pourrai pas.

En tout cas, on allait boire cette bouteille, ça c'était une certitude. Après je pourrai reprendre contact avec la réalité. Finir un livre, c'est sûrement comme terminer un tableau, on nage dans le bonheur, l'insouciance, persuadé d'avoir réalisé le chef d'œuvre. Ce n'est qu'après que l'on doute, lorsque enfin on ressent le regard des autres. C'est alors comme une intimité violée, un secret dévoilé et alors on ne sait plus.

Qu'est-ce que j'étais bien, j'avais ma bouteille sous le bras et je marchais dans le bonheur. J'avais très certainement une sorte de sourire niais scotché sur la figure, mais c'était si bon. Le bien être et rien d'autre. Les gens que je croisais étaient tous gentils, ils étaient beaux aussi, les filles surtout, je les trouvais magnifiques, même celle que je venais de croiser et qui avait bien dix kilos de trop. Qu'est-ce que c'est dix kilos? L'essentiel c'est de vivre et de boire du whisky. Vivre, je n'avais jamais fait ça aussi bien, boire une bouteille, j'allais me rattraper.
-Suzy!

C'était Suzy, mais que faisait-elle ici? Je pense qu'elle était surprise, enfin, au moins autant que moi.
-Que fais-tu ici?
-Et toi?

Répondre à une question par une autre question, ça peut signifier deux choses, soit qu'on n'a pas la réponse, soit qu'on ne veut pas répondre.
-Moi, j'allais chez Ben! Mais toi?

Elle a eu un moment d'hésitation, comme quelqu'un qui cherche ses mots, puis a brandi un paquet cadeau qu'elle a laissé osciller à hauteur des yeux.
-Surprise!
-C'est pour moi?
-Ah! Pas touche minouche.
-Et en quel honneur la surprise?
-Et toi, pourquoi tu vas chez Ben?

Décidément c'était une manie, voilà qu'elle me renvoyait une question en réponse.

-J'ai fini!

-Tu as fini?

J'abandonnais mes questions et me résignais à répondre aux siennes. Après tout ce n'était pas compliqué, là il suffisait de répondre par l'affirmative, parce que j'avais bel et bien fini.

-Oui!

-Génial! Tu vois, je m'en doutais!

Elle me tendit le mystérieux paquet, m'invitant à l'ouvrir. Puis elle se ravisa.

-Et si on allait l'ouvrir chez toi?

-Pourquoi pas? On boit un coup d'abord?

J'avais envie de sentir du monde autour de moi, bien qu'un peu d'intimité avec Suzy n'était pas pour me déplaire.

-On passe chez Ben, d'accord? C'est juste à côté.

-Ha! Non! Vous allez encore boire tous les deux, et puis tu sais que je l'aime pas ce type, il est bizarre…

-Bon! Tu n'auras qu'à m'attendre dehors, j'en ai pour cinq minutes.

-Cinq minutes pas plus!

Je comprenais Suzy et puis je préférais ça, l'appartement de Ben n'était pas un modèle de propreté. Plutôt le repère du vieux célibataire, collectionneur de tas. De tas de fringues, de tas de bouquins, de tas de vaisselle, de tas de paperasse… l'empilement vertical étant la seule méthode de rangement connue par le propriétaire des lieux. Et encore, des tas approximatifs, à l'équilibre souvent instable, posés n'importe où, sans logique apparente. Quoique la pile de revues dans les toilettes ne devait ce positionnement incongru qu'à la recherche d'un article dans ce lieu, sans retour à la case départ. En fait c'était comme cela que fonctionnait Ben, s'il avait besoin de quelque chose il le prenait, mais ne le ramenait que très rarement. Le résultat était assez déconcertant, mais il correspondait bien au personnage.

Je sonnais à plusieurs reprises, rien. J'insistais, toujours rien. Une pensée me traversa l'esprit, et s'il lui était arrivé quelque chose? L'inquiétude s'installa, je faisais les cent pas dans le couloir, et revenais coller mon oreille à la porte par intermittence. Rien de rien. Et si la dernière fois qu'on s'était vus, avait été la dernière? Tout ça me donnait le vertige, c'était impossible. Pourtant, le fait qu'il ne soit pas chez lui était des plus inquiétant.

Et puis, là ou pas là, quelle importance, il avait bien le droit de sortir, ne serait-ce que pour acheter une bouteille de whisky ou un paquet de cigarettes. Il avait même le droit d'être là et de ne pas vouloir répondre, après tout. Je griffonnais un mot sur un morceau de papier, juste pour lui dire que j'étais passé, et que je repasserai le lendemain. Je ne lui disais pas que j'avais fini, ça c'était la surprise. J'allai le glisser sous la porte et me ravisai au dernier moment. Après tout ce n'était pas utile, et puis, s'il lui était vraiment arrivé quelque chose inutile de laisser un indice qui permette de remonter jusqu'à moi. Suzy fit son apparition dans le couloir.
-Alors qu'est-ce que tu fais?
-Il n'est pas là!
-Et bien on s'en va!
-Je lui ai fait un mot mais je crois que c'est pas la peine que je le lui laisse, hop à la poubelle!

Je laissais tomber la boulette de papier dans une corbeille juste avant de sortir de l'immeuble. Suzy avait passé son bras sous le mien, l'insouciance reprenait enfin ses droits.

Il est des instants comme celui-ci où l'essentiel semble se concentrer en un même lieu, en un même temps. Une sorte de bonheur absolu, léger mais intense, comme on en vit pendant l'adolescence, des tranches moelleuses au goût unique. D'ailleurs notre passage sur les trottoirs, d'un pas rythmé comme deux gamins sortant de l'école, déclenchait des sourires en cascade. On se serait cru dans une comédie musicale des années cinquante, une sorte d'extase un peu niaise, sucrée jusqu'à l'écœurement. Tout y est parfait les femmes sont mignonnes, les hommes sont beaux, les rues sont propres et les passants sont gentils, complices même puisqu'ils se mettent à pousser la chansonnette avec le couple vedette. Ce n'est qu'après que l'on réalise le futile de la situation, son caractère puéril et fade, mais que c'était bon.

Notre état de joie béate et mièvre se prolongea jusque chez moi. Suzy me présenta à nouveau son cadeau, le suspense avait assez duré, j'allais enfin savoir ce que c'était. Et ce fut l'apothéose, le clou final, la cerise sur le gâteau, le petit plus juste de trop. L'overdose, ce qui fait dire : « Non! C'est pas vrai! ». Pour ma part je n'y suis pas arrivé, lorsque j'ai vu rangées côte à côte dans le carton, bien calées dans la paille synthétique, les deux flûtes à champagne, accompagnées de la petite bouteille ad hoc, j'ai éclaté de rire. Surtout lorsque j'ai vu, dessiné avec une poudre dorée sur la face des verres, deux cœurs enlacés surmontés des mots : « LOVE FOR EVER ».

Je ne pouvais plus m'arrêter de rire quand Suzy lança, sur un ton satisfait.

-Je savais que ça allait te faire rigoler!

J'ai marqué un temps d'arrêt et je suis reparti de plus belle. Le flot d'hilarité qui me faisait me tordre dans tous les sens déclencha du même coup une inondation de liquide lacrymal. Je l'apercevais légèrement floue, les yeux écarquillés, comme quelqu'un qui à la fin d'une blague, n'ayant pas compris ce qui était drôle, pose un regard interrogateur vers son interlocuteur. Puis soudain, elle s'est pliée en deux, éclatant d'un rire que je découvrais, mais qui valait le déplacement, une sorte de cri informe se propulsant par vagues irrégulières, s'abaissant puis remontant au gré des flexions de la jeune femme qui n'arrêtait pas de se plier et de se déplier.

Je ne sais pas si on riait de la même chose, on riait et c'est bien ça l'essentiel après tout. En fait je me suis bien demandé pourquoi elle me faisait ce cadeau ridicule. Y avait-il une subtilité que je n'avais pas saisie? Etait-ce sincère? Non c'était impossible, elle ne pouvait pas être ringarde à ce point. Etait-ce de l'humour? J'optais pour cette dernière possibilité. L'avenir ne me donnerait pas vraiment raison.

J'ouvrais finalement la bouteille de champagne. Etait-ce la petite taille de la bouteille qui avait permis une concentration hors du commun des bulles d'air ou le transport quelque peu chaotique du breuvage? Ou les deux? En tout cas le bouchon s'expulsa avec une force inouïe échappant totalement à mon contrôle. Ricochant sur le fauteuil, il revint vers moi et décapita tout net les deux flûtes. Il y eu quelques secondes de silence. Je retenais avec difficulté une terrible envie de rire. Nos regards se croisèrent, Suzy pouffa, je fis de même et ce fut l'explosion.

Je profitais d'un moment d'accalmie pour m'essuyer les yeux et aller chercher deux autres verres.

-On va quand même le goûter ce champagne, Suzy.

Le destin en avait décidé autrement, je ne fis sortir que quelques gouttes de la bouteille, le reste ayant totalement noyé le tapis lors de l'ouverture intempestive du dit contenant. Finalement je sortis ma bouteille de whisky.

J'avais déposé le manuscrit chez l'éditeur qui l'avait pris non sans me faire comprendre que j'étais particulièrement en retard sur les échéances. Il a bien fallu faire quelques corrections, il a bien fallu entendre les remarques, style : « c'est pas mal… j'ai adoré mais… c'est assez original…. »

Lectures, corrections, relectures, et puis plus rien d'autre à faire qu'attendre. Passage à vide, d'autant plus que Ben était introuvable. Je me suis même demandé s'il n'était pas chez lui, mais mort. Je savais bien qu'il disparaîtrait, comme ça sans rien dire, comme quelqu'un qui dit « à demain! » et qu'on ne revoit plus jamais. J'ai passé quelques nuits à attendre en bas de chez lui, puis je me suis fait une raison, je ne pourrai jamais savoir ce qu'il pensait du roman, adieu Ben!

J'étais bien le seul à m'inquiéter, Suzy était aux anges, ce foutu bouquin était terminé et ce poivrot de Ben ne viendrait plus me détourner du droit chemin, avec son whisky et ses histoires macabres. Un soir, elle m'a même invité chez elle, mais attention, incognito, ni vu ni connu, pas question que les voisins aient le moindre soupçon sur ses relations privées. Je m'efforçais de la rassurer, en lui disant qu'aujourd'hui, ce genre de détails ne devait pas vraiment choquer les locataires du coin. Mais elle ne l'entendait pas du tout comme ça, pas question de passer pour une fille facile, c'était ça ou rien. Surprenant, mais on apprend à revenir de tout, même de l'improbable, je me prêtais donc au jeu. Zone sensible atteinte à la tombée de la nuit, plié, recroquevillé sur la banquette arrière, sortie furtive au coup de sifflet, le pas rapide mais léger sur la pointe des pieds, collé au mur, pénétration dans le hall d'entrée lumières éteintes, Suzy ouvre la marche, vérifiant que la voie est libre, éviter l'ascenseur, trop risqué, avaler les marches d'escalier quatre à quatre afin de limiter tout risque de rencontre impromptue, huitième étage, objectif atteint.

La situation avait un côté James Bond de série B mâtiné d'exploit sportif, permettant de tester les capacités du mâle. Je voyais là le moyen de faire du sport de façon assez ludique finalement, car j'avais des montées d'adrénaline. Quelque fois il fallait s'effacer dans un encadrement de porte ou derrière une voiture, le cœur à plus de cent cinquante pulsations minute. Mais le jeu se poursuivait à l'intérieur, ne pas approcher des fenêtres lorsque les rideaux sont ouverts, ne pas répondre au téléphone, battre en retraite dans la pièce la plus proche si quelqu'un frappe à la porte.

Puis ce fut la sortie en librairie, le temps des dédicaces et des interviews. Georges, (c'est mon éditeur) m'avait dit : « la promo sera intense mais courte, efficacité avant tout, faire le maximum en un minimum de temps, l'essentiel des ventes se fait dans les premiers jours, après c'est un rythme de croisière dont la qualité dépend entièrement de l'élan pris au départ. » Je n'ai pas arrêté quinze jours durant, repas, émissions de TV, de radio, signatures, bref, « une promo intense. » J'étais coupé du monde, plongé entièrement dans mon opération de communication, grisé par le succès, l'ego flatté comme il ne l'avait plus été depuis longtemps. Je baignais dans du sirop, jusqu'à cette dédicace à la NY Library.

Ecrire est une chose, faire une dédicace en est une autre, dans tous les cas je préfère que ce soit pour quelqu'un que je ne connais pas. Ça me permet de demander le prénom en toute tranquillité, ce qui constitue un bon début. Dans le cas contraire, il s'agit de quelqu'un que je connais, et là, il m'est difficile de lui demander comment il (ou elle) s'appelle (oui, je dois avouer que neuf fois sur dix j'ai oublié...) Alors il faut trouver des stratagèmes, des chemins détournés, style: je le dédicace pour qui? Si c'est pour quelqu'un d'autre parfait, on me donne le prénom et le tour est joué. Si c'est pour lui (ou elle), deux possibilités, soit elle (ou il) répond par son prénom et c'est parfait, soit il (ou elle) répond : « C'est pour moi! », et là je ne peux plus tricher, alors je demande : « Comment tu l'écris? »

C'était un homme d'une quarantaine d'année, j'étais certain de ne pas le connaître. Grand barbu grisonnant, costume anthracite, fines lunettes, regard espiègle, avec un fort accent français. On aurait dit un attaché d'ambassade ou un agent du FBI, bref le genre de bonhomme qu'on ne voit jamais ailleurs que dans les films, américains bien sûr. Il a esquissé un sourire, que l'on pourrait qualifier de radieux, et s'est planté devant moi, m'obligeant à lever les yeux vers ce visage perché à plus d'un mètre au dessus de moi. Il a posé mon livre (enfin, c'était le sien…) sur la table.

-Ben!

-Heu, non, moi c'est Harry!

-Oui, je sais, Ben c'est moi!

Il m'a fallu quelques secondes pour réaliser que ce n'était pas le Ben que je connaissais, et qu'il devait certainement y avoir d'autres Ben dans ce pays. J'ai immédiatement ravalé mon indignation, évitant ainsi de lui affirmer un peu sèchement que Ben ce n'était certainement pas lui, vu que je le connaissais depuis… Bref que je le connaissais très bien, et le temps ne fait rien à l'affaire. Un autre Ben donc! J'étais à la fois déçu et soulagé. Soulagé, parce que ça ne pouvait pas être Ben, c'était son antithèse, le type propre sur lui, raide comme la justice, qui devait boire du jus de tomate et des Cocas-fraise.

-Vous savez, c'est curieux les coïncidences, j'ai moi-même été flic, comme le Ben de votre roman. Enfin je bois moins cependant.

-Et vous existez pour de vrai vous!

-Ha! Parce que le Ben de votre histoire, il n'existe pas? J'aurais juré que vous vous étiez inspiré d'un personnage réel, il fait si authentique. Enfin, l'écrivain, c'est bien vous, il n'y a aucun doute.

« Pour Ben, un lecteur passionné et observateur, avec toute ma sympathie, en souhaitant qu'il ne boive pas comme l'autre Ben, ou alors du jus de tomate seulement. Amicalement H.KENT. »

-Voilà, je ne vous souhaite pas bonne lecture, apparemment c'est fait.

-Presque fait, encore une trentaine de pages, alors ne me dites pas la fin... Au fait, vous avez vu ce flic, qu'on a retrouvé mort, il y a deux jours, il ressemble étrangement à votre Ben, retraité, gravement malade, habitant seul un appartement transformé en taudis...

J'ai bien failli le harceler de questions, où ça? Quel est son nom? A quoi ressemblait-il? Il buvait?... Mais fort étonnamment, je me suis contrôlé, j'ai pensé aux conseils de Ben justement, ne rien laisser transparaître, l'erreur judiciaire ça existe, inutile d'attirer les soupçons sur soi.

-Ça ne peut pas être mon Ben comme vous dites, vu qu'il n'est jamais sorti d'ici, (je tapais sur le livre du plat de la main) sans quoi je le saurais.

Ben était mort, j'en étais convaincu.

* * * * *

Laurence avait toutes les peines du monde à sortir de ses tas de copies. Elle emportait toujours son livre avec elle, au cas où. Mais elle était incapable de s'arrêter sans avoir fini la pile qui diminuait feuille après feuille, sans surprise, à la vitesse terriblement lente que lui imposaient les corrections de ce type d'épreuve. Pourtant elle aurait pu faire une pause et se replonger dans sa lecture, connaître la fin, tourner la dernière page dans un sourire de satisfaction et poser le bouquin sur l'étagère des livres déjà consommés. Et puis surtout, elle voulait être la première à avoir terminé, et Philippe prenait de l'avance, on ne l'arrêtait plus.

Si elle avait fait une pause, elle aurait sûrement pris un verre de jus d'orange, augmenté le son de la radio qu'elle avait réglé au minimum et alors elle aurait entendu cette voix grave, à l'accent méditerranéen si caractéristique, répondre aux questions presque inquisitrices du journaliste.

-La première question qu'on se pose, M. Karle, c'est pourquoi New York? Parce qu'il faut bien le dire, cette histoire aurait très bien pu se dérouler n'importe où, et pourquoi pas chez nous en Camargue?

-Vous avez raison, le choix du lieu est pour ainsi dire arbitraire. Je n'ai jamais mis les pieds à New York, à mon grand regret d'ailleurs, mais c'était pour moi une difficulté intéressante. Et puis lorsque cette histoire a germé dans mon esprit, au tout début, ça ne pouvait pas se passer ailleurs qu'aux Etats-Unis.

-Et donc cet écrivain, visiblement sur le déclin, finit par accepter de travailler avec un ex lieutenant de police, sur une idée de roman, pour laquelle la mort semble inéluctable… Nous n'en dirons pas plus, par respect pour les lecteurs. Il faut bien sûr garder le suspense entier, car il y a du suspense dans votre roman, et jusqu'à la dernière page. Mais, est ce qu'on peut dire qu'il y a comme une sorte de pacte diabolique, entre les deux personnages?

-Oui, certains font le parallèle avec le docteur Faust. Pourquoi pas, c'est une bonne idée, il y a quelque chose de diabolique chez Ben. Surtout cette capacité de séduction. C'est une loque, il a un langage de charretier, il fume trop, il boit trop, il est malade, et pourtant il va convaincre cet écrivain assez facilement finalement. Je pense qu'il y a là comme un effet miroir, Harry Kent s'identifie à ce flic déchu, il se sent comme lui, en tout cas il sent qu'il peut devenir comme lui. L'enjeu devient vital, c'est pour lui qu'il se lance dans cette folie, il vole à son propre secours, pour son propre compte.

-On ne peut pas s'empêcher de faire le lien avec cette affaire bien réelle celle là, je veux parler de la mort de René Duchant, cet ex inspecteur de police qui n'aura profité de sa retraite que durant quelques mois. Les similitudes avec Ben sont particulièrement étranges. Inspecteur de police retraité comme lui, il était atteint d'un cancer des poumons, et sa mort ressemble en tous points à celle de votre personnage…

-Pour tout vous dire j'attendais cette question. Je serais bref. Je ne connaissais pas ce René Duchant, et dans tous les cas tout ce que j'ai pu écrire n'est que pure fiction. Mais j'avoue que certaines coïncidences sont troublantes.

-Merci Maurice Karle, je rappelle donc le titre de votre roman, Best Seller, aux éditions Lanel.

L'animateur fit un signe de la main et le générique de l'émission démarra aussitôt. Il retira son casque et sortit du studio, suivi de son invité.

-Ça n'a pas été trop dur?

-Je vous avoue que je ne cours pas après ce genre de promotion, mais ça fait partie du jeu, alors je m'y plie.

-Pas mal votre roman, original en tout cas.

-Ça vous a plu?

-Pour être franc, je ne l'ai pas vraiment lu, juste parcouru, je suis un peu à la bourre en ce moment, et puis l'actualité nous a obligés à vous inviter plus tôt que prévu...

-Vous voulez parler de ce flic, René?

-C'est clair, vous allez faire un carton. J'espère que vous avez un alibi pour la nuit de sa mort...

-Vous plaisantez j'espère...

-Oui, mais n'empêche, si j'étais chargé de l'enquête, ce n'est pas une piste que je négligerais. Venez, je vous paye un coup à boire.

Le Gambrinus était une vaste brasserie, mais en cette fin de matinée les places devenaient rares, et dans quelques minutes il serait de toute façon impossible de s'asseoir. Truite aux amandes et sa garniture, c'était le plat du jour. Le journaliste fit un clin d'œil à l'attention du barman.

-Alors Romuald, ça va, pas trop à la bourre?

-Pas encore, mais ça va venir. Dis-moi, c'est ton invité de ce matin?

-Oui, c'est bien lui, Maurice Karle, je vous présente Romuald. Romuald, voici Maurice Karle, l'homme au Best Seller.

-Enchanté!

-Enchanté!

-Le chef a fait des truites aujourd'hui?

-Je te réserve une table! Hé! Monsieur Karle, très bien à la radio ce matin. Vraiment, moi qui ne lis jamais, à part le Midi Libre, mais bon, ça c'est pas vraiment de la littérature n'est-ce pas? Et bien je vais l'acheter votre bouquin, je ne sais pas, en vous écoutant, ça m'a donné envie.

-Qu'est-ce que je vous disais, vous allez faire un carton! Qu'est-ce que vous buvez? Un Ricard? Romuald! Deux Ricard s'il te plaît.

Karle en était à son troisième pastis et finalement, il se sentait bien ici. Même le journaliste, qui n'avait pas été foutu de lire son livre avant de l'interviewer, lui paraissait sympathique. Après tout, c'était certainement un brave type. En tout cas il connaissait du monde, en moins d'une demi-heure, ils avaient serré les mains de Jean-Pierre, un autre journaliste, de François le libraire, d'Alain le président du club taurin, de Jean le prof de français, de Lucien l'électricien, de Marc le commercial. Et puis ils avaient fait la bise à Odette, la femme de François, Odile la coiffeuse, Sabine (impossible de se rappeler ce qu'elle fait), Mylène, une amie de Sabine...

Il était temps de goûter la truite du chef.

Le tas de copies avait sacrément diminué, il faut dire que Laurence avait travaillé en continu, juste une tasse de café en milieu de matinée. Elle voulait absolument se débarrasser de ce poids psychologique, finir avant le week-end, éviter d'y passer la soirée, et éventuellement prendre une heure en fin d'après midi, juste avant d'aller chercher les gosses. Elle effeuilla du pouce les quelques copies qui lui restaient à corriger. Encore un petit effort pensa-t-elle, de toute façon elle ne mangerait pas avant d'en avoir terminé.

Lorsque le téléphone se mit à sonner, elle hésita, ne pas répondre, continuer tête baissée, comme un coureur de marathon, faire abstraction du monde extérieur, rester dans sa bulle, et surtout ne pas se déconcentrer, la course n'est pas gagnée. Et puis, si c'était important? Peut-être qu'une des filles était malade, et qu'il fallait aller la chercher? Justement ne pas répondre était la bonne solution, c'est Philippe qui s'y collerait, et elle pourrait finir dans les temps, sinon adieu le week-end tranquille, il faudrait trouver du temps par-ci par-là pour finir le boulot.

Non, elle ne pouvait pas faire ça, il fallait répondre.

-Allô!

-Allô! C'est moi!

-Bonjour chéri, que t'arrive-t-il?

-Qu'est-ce que tu fais? Tu corriges des copies?

-Comment as-tu deviné?

-Quand tu m'appelles chéri, comme ça, c'est que tu n'as pas envie d'être dérangée, et généralement ça correspond aux moments où tu corriges des copies.

-Bingo! Mon chéri!

-Bon, c'était juste pour te dire que je mange au Gambrinus à midi, mais j'imagine que tu n'as pas fini, et que tu ne veux pas venir, n'est-ce pas?

-Re bingo!

-Franchement je n'ai aucun mérite, c'était trop fass.

-Trop quoi?

-Trop fass, trop facile si tu préfères.

-Sacré vocabulaire dans la police!

-C'est ta fille qui parle comme ça…

-Encore mieux! Laquelle, la grande ou la petite?

-La petite, la grande a déjà enrichi son vocabulaire d'expressions un peu plus adultes si tu vois ce que je veux dire. Vive l'école!

-Tu peux parler, si les parents s'y mettent aussi….

-Moi j'aime bien trop fass, je trouve ça mérant.

-Mérant?

-Mérant, ça veut dire marrant avec l'accent parisien.

-C'est encore la petite qui t'as appris ça?

-Non, c'est la grande, elle a une copine qui vient de Paris. Mérant, c'est pas mal trouvé non?

-Tordant en effet, je le note pour mes étudiants, je suis sûre qu'ils vont se mérer.

-Bon aller, à ce soir et prends le temps de manger un morceau.

Le Gambrinus était plein, Philippe se mit sur la pointe des pieds, à la recherche d'une place. La mine déconfite, il balaya à nouveau la salle du regard, redescendant progressivement sur les talons, lorsqu'il vit une main se lever au milieu de la foule des mangeurs de truite. Visiblement, ce signe s'adressait à lui. Il s'approcha.

-Philippe! Tu cherches une place?

-Tiens, Olivier!

-Viens avec nous, je te présente Maurice Karle. Ça ne vous dérange pas monsieur Karle? Je vous présente…

-Le lieutenant Columbo… nous avons déjà eu l'occasion de nous rencontrer….

-Physionomiste monsieur Karle…

-Ce n'est pas tous les jours qu'on rencontre le lieutenant Columbo!…

Laurence venait de noter sa dernière copie : quatorze sur vingt, « Analyse originale et riche de précisions sémiologiques et biographiques. Attention cependant à ne pas abuser des citations et des références, il s'agit avant tout d'une réflexion personnelle, il faut donc donner plus de poids à votre argumentaire. »

Elle posa son stylo sur la table, et d'un coup de reins énergique elle pivota sur son fauteuil à roulette puis plaça soigneusement la copie sur l'une des trois piles alignées derrière elle. Elle lança un regard satisfait sur le travail accompli, et se releva d'un seul trait, étirant son corps de toute sa longueur, sur la pointe des pieds, les mains au ciel. Puis ce fut le relâchement total et entier, tant musculaire que cérébral. Elle se dirigea vers la cuisine, un peu comme un zombie sortant de quelques siècles de léthargie. Comme à chaque fois dans ces cas là, elle laissait les mots venir et sortir comme ça, sans entraves, sans préméditation, pour se vider de l'intérieur. Mais n'ayant le plus souvent, personne à portée de la main, elle s'adressait au premier objet qui lui tombait sous les yeux. Cette fois-ci, le réfrigérateur devint son interlocuteur privilégié.

-Frigo, frigo mon amour, ouvre ton ventre que je te bouffe le fromage de tête. Frigo ô frigo ouvre-toi, et marche! Non je rigole, façon de parler. Mais dites-moi voilà un bien joli bocal à cornichons. C'est à vous ce magnifique saucisson?... Comment ça l'esprit mal placé? Vous-même d'abord, c'est celui qui dit qui est comme dirait Sophie.

Une tomate?! Oui, c'est parfait, de la mayonnaise. Hé là! Jeune homme, c'est périmé, encore un coup comme celui là et je vous licencie vous! Non pas des carottes merci! Des radis, bof! Du fromage, je dis d'accord, va pour le fromage, mais pas trop, cholestérol, et puis mon gaillard, on le sent venir celui là. Non! Les carottes, j'ai dit non, n'insistez pas. C'est une véritable obsession à la fin. Allez un dessert, mousse au chocolat! Merde plus que deux, je les laisse aux filles, sinon…

Pas de dessert? C'est triste, bien la peine de frimer avec sa lampe intégrée et sa poignée chromée, ça a le ventre proéminent, ça n'arrête pas de ronfler, arguant qu'il faut ça pour garder tout le monde au frais, et c'est même pas foutu de proposer un dessert décent. Oh! Et puis arrêtez avec vos carottes, ça devient franchement lourd, espèce d'obsédé. N'importe quoi des carottes au dessert. M'en fous j'irai chez votre concurrent, juste au-dessus, vous voyez de qui je veux parler non? Monsieur Congélateur! Je trouverai bien une glace. Allez, je vous laisse à vos carottes, à vos saucisses et à vos boudins. Et bonjour chez vous!

Laurence claqua la porte énergiquement, puis se jeta sur la tomate et les cornichons, sortit un paquet de chips et commença la gymnastique des mandibules. Dans le même temps, son esprit reprit une activité normale ou du moins plus cohérente. Pas question de faire la discussion avec les cornichons, pour savoir ce qu'ils pensaient de leur condition de condiments vinaigrés enfermés dans le noir et le froid, sans personne à qui se confier. Non, son dialogue intérieur semblait se tourner vers le pragmatisme bassement matériel imposé par une vie de famille, certes agréable, mais quelque fois prenante.

-Demain c'est l'anniversaire de la grande, il me faut d'urgence une idée de cadeau. De l'utile, à son âge, il faut commencer à faire des cadeaux utiles! Mais si c'est juste utile, elle va me faire un sourire crispé et une tête de six pieds de long pendant tout le repas. De toute façon, elle aura droit à des fringues, et puis .... Et puis quoi? Un livre? Non elle ne le lira pas. Une BD? Bof, pas vraiment son truc, et puis ça sera pas ce qu'elle aurait pris, parce que sa copine machine, lui a parlé de patati et patata.... Un disque? Alors là mission impossible, il faut absolument que ce soit elle qui choisisse, sinon, c'est pas le bon album, c'est pas le bon groupe.... Des boucles d'oreilles?! Pas encore à l'ordre du jour! ...ah! Et bien voilà, un bon d'achat! D'accord, il y a mieux, mais là au moins si ça ne va pas elle n'aura qu'à régler ses comptes avec elle-même. Dans tous les cas je fais ça cet après-midi. Ah! Et puis il y avait Sophie qui voulait faire un cadeau à sa sœur aussi. Qu'est-ce qu'elle m'a dit l'autre jour? Zut! Aucun souvenir, non, ce n'est pas possible il faut absolument que je trouve, il y a urgence là, zut, zut et zut!

Le calme était revenu au Gambrinus, les tables s'étaient vidées petit à petit, laissant de larges espaces aux chaises vides, aux tables encore encombrées des restes de truites, de café, de mousse au chocolat et de verres à moitié vides. Les derniers clients ne semblaient pas se soucier de l'heure, sirotant un dernier café, fumant l'énième cigarette.

Philippe accepta le cigarillo que lui offrit Karle.
-Dommage que votre collègue journaliste ne soit pas resté plus longtemps, il est sympathique finalement. En tout

cas je vois que dans la police vous êtes plus souples sur les horaires…

-Détrompez-vous, je suis en plein travail.

L'écrivain avala une gorgée de café, la fumée de son cigare lui fit cligner les yeux, il s'inclina légèrement, esquissa un léger sourire et planta son regard dans celui de son interlocuteur.

-Vous êtes sacrément culotté Columbo, nous mangeons ensemble, en toute convivialité, je vous offre même un cigare et vous, vous en profitez pour enquêter sur moi…

-C'est notre métier qui veut ça, moi j'enquête en permanence, même s'il n'y a pas d'enquête d'ailleurs, et plus encore, même s'il ne s'est rien passé. J'enquête comme je respire, nul besoin de raison particulière, c'est vital chez moi. Et vous, ne faites-vous pas la même chose? En ce moment même, qui me garantit que vous n'êtes pas en train de faire de moi un des personnages de votre prochain roman. Nous avons plus de points communs que vous ne croyez. Chez vous aussi, l'observation est une seconde nature, vous vous servez comme dans un super marché ouvert vingt-quatre heures sur vingt-quatre. Un personnage, une expression, une situation, un coucher de soleil…. Tout, vous prenez tout, pour faire selon votre fantaisie…

Karle bascula lentement en arrière, arborant toujours son sourire satisfait.

-Vous devriez écrire un livre.

-Ne vous foutez pas de moi!

-Je ne plaisante pas, je suis très sérieux, vos idées sont intéressantes, vous devriez au moins les noter.

-Je vous laisse faire, c'est votre boulot ça…

-C'est vrai j'oubliais, vous votre boulot, c'est d'enquêter sur des faits tangibles, comme mes liens avec René Duchant, par exemple? Au risque de vous décevoir, je vous dirai qu'il n'y a aucun lien entre votre ex collègue et moi, et en tout cas je n'ai rien à voir avec sa mort…. Vous ne me croyez pas n'est-ce pas?

-Je n'ai pas à vous croire, vous ou n'importe qui d'ailleurs. Vous affirmez, je vérifie. Donc vous affirmez n'avoir jamais rencontré René Duchant?

-C'est exact!

Philippe se frottait le menton, laissant passer un silence, il reprit à nouveau.

-Non, ce qui est frappant, ce sont ces similitudes entre vos personnages et ceux qui existent autour de nous, à commencer par vous d'ailleurs. Vous êtes le reflet de votre héros, en manque d'inspiration depuis quelques années, votre éditeur est sur le point de vous lâcher, et soudain vous sortez de votre chapeau un manuscrit dont personne ne discute la qualité, du bel ouvrage. Et je peux en témoigner.

-Ne disiez vous pas tout à l'heure que le travail de l'écrivain consistait à se servir de ce qu'il avait autour de lui? Pourquoi ne pas m'utiliser moi-même? Et je vous assure que ce n'est pas par facilité.

-Par nécessité alors?

-Que voulez- vous dire?

-L'inspiration vous a abandonné, vous êtes incapable d'écrire sans un support réel, comme une sorte de guide. Et si l'on regarde vos précédents écrits, on voit bien que vos personnages sont empruntés à la réalité. Et même plus, à la réalité qui vous entoure, votre quotidien.

-Je ne vois pas où est le crime? Mais je dois admettre que vous avez raison, votre analyse est très pertinente, vous auriez dû faire journaliste littéraire, vous auriez été bien mieux que celui qui m'a interrogé ce matin.

Les deux hommes affichaient un sourire de circonstance, l'un parce qu'il venait de conforter l'autre dans son analyse, le félicitant même pour sa perspicacité, l'autre parce qu'il venait de recevoir un compliment qui allait lui permettre de conclure à son avantage. Déjà les yeux de Philippe s'étaient mis à pétiller.

-Nous sommes d'accord, alors une question se pose malgré tout, qui vous a inspiré le personnage de Ben, si ce n'est René, qui pourtant y ressemble en tous points? Condamné par une grave maladie, tendance à boire, il reste cloîtré chez lui, des jours durant, en attendant la fin. Et, détail frappant, il avait lui aussi un goût particulièrement marqué pour le whisky et une aversion bien connue pour le Martini.

Karle venait de tirer deux longues bouffées sur son cigare, avalant exceptionnellement la fumée. Il réfréna une quinte de toux, qui se traduisit par une sorte de raclement guttural, et se servit un verre d'eau.

-Je vais finir par croire que vous êtes le vrai Columbo. Je me dois de récompenser votre perspicacité, je vais donc vous faire plaisir si je vous dis que vous avez à nouveau raison. Il s'agit bien de René.

Karle marqua un silence. Philippe savourait sa victoire, s'accordant un sourire intérieur, juste pour lui.

-C'est tout ce que ça vous fait, je vous dis que vous êtes un super flic, et vous ne réagissez pas? Même pas une onomatopée de type exclamatif, dans le style haaa! Ou plus jeune, wouhaaa!!

-J'apprécie votre compliment, je suis même un peu gêné…

-Il n'y a pas de quoi, je vous assure.

Nouveau silence, nouvelle bouffée de fumée grise, ce fut au tour de l'écrivain d'avoir les yeux qui pétillent.

-Ah! J'oubliais de vous préciser que malgré tout, je n'ai jamais rencontré ce cher René. Et c'est bien pour ça qu'il est devenu l'un de mes personnages.

-Que voulez-vous dire?…

-Tout simplement que tout ce que j'ai pu apprendre de votre ex collègue, ce n'est pas de lui que je le tiens…

-En tout cas pas de sa femme, il était veuf depuis plus de dix ans.

-Exact, je reconnais bien là votre esprit vif et déductif. Mais qui a bien pu me renseigner, vous demandez-vous? Ce n'est pourtant pas très compliqué, quelqu'un qui le voyait tous les jours…. Son voisin bien sûr.

-Son voisin?

-Oui, les Simonet, et il s'avère que ce sont des amis, depuis…je ne sais plus exactement, mais depuis longtemps. Simple coïncidence…

Laurence avait collé son visage aux barreaux, appelant Sophie à mi-voix pour ne pas se faire remarquer des maîtresses, qui, regroupées dans un angle de la cour semblaient entièrement absorbées dans leur discussion (de maîtresses.)

A la quatrième tentative, alors que les barreaux s'étaient incrustés dans ses tempes et ses joues, la jeune femme vit arriver sa progéniture en courant de toutes ses jambes et en criant de tous ses poumons:

-Maman! Maman!

-Chuuuuut! Et bien pour une arrivée discrète, c'est plutôt raté.

Le corps enseignant se retourna comme un seul homme, cou tendu, menton en avant, prêt à intervenir, voire à lancer l'offensive, poussant en première ligne un petit bonhomme rappelant assez fidèlement le professeur Tournesol.

-Il ne fallait pas crier Sophie, voilà le directeur qui arrive maintenant. Bon qu'est ce que tu voulais faire comme cadeau à ta sœur?

-C'est un secret m'an.

-Oui, mais si tu ne me le dis pas, comment veux-tu que je l'achète?

-Tu vas l'acheter?

-Je vais essayer oui!

-Alors je te le dis, mais dans l'oreille.

-Elle n'entendra pas d'ici tu sais.

-Ça fait rien, un secret, ça se dit dans l'oreille, alors pchi, pchi, pchi.....

-Tu en es sûre? Bon, c'est une très bonne idée ma chérie, allez à tout à l'heure, bisous.

Le directeur continuait de s'approcher, d'un pas lent mais décidé, sans équivoque Il venait voir ce qui se passait d'anormal aux limites de son domaine, jauger l'ennemi, pour mieux le neutraliser.

Sophie repartit en courant, et Laurence fit un petit geste de la main accompagné d'un large sourire à l'intention de Tournesol, qui suspendit immédiatement son pas et fit à son tour un geste de la main signifiant l'apaisement et le soulagement. Il repartit aussitôt d'un pas nettement plus ferme et vigoureux vers ses collègues, leur indiquant d'un mouvement de tête que tout danger était écarté.

De son côté, Laurence était repartie manu militari vers le centre ville. Trouver immédiatement une pharmacie pour acheter le cadeau de Sophie. La petite dernière avait souvent de drôles d'idées, mais question cadeaux, elle tapait toujours dans le mille. Malgré tout, la jeune femme avait des doutes cette fois-ci quant au bien fondé de l'achat d'une tétine, d'autant plus que le destinataire a heureusement abandonné l'usage de cet objet depuis quelques années déjà. Il faut dire qu'à quatorze ans, c'est plutôt rassurant.

Le Pac à l'eau était bien frais, Laurence alluma une cigarette, ajusta ses lunettes et sorti son bouquin. Une heure de liberté totale, avant la sortie de l'école et le rituel qui lui succède, devoirs, douche, repas... et ce soir en plus, anniversaire! Confortablement installée dans le fauteuil de bar, sous le parasol SORHODIS, elle lança un bref regard circulaire sur la terrasse du café de la Bourse, et replongea la tête la première, dans sa lecture.

* * * * *

Ben Clark était bel et bien mort! Il a bien fallu que je me rende à l'évidence. Cependant, il y avait un petit problème. Quelque chose clochait. Non pas que le bouquin se soit mal vendu, au contraire, tout marchait comme prévu, les journaux s'étaient jetés sur cette affaire, exactement comme l'avait pensé ce cher Ben.

Bien sûr j'ai dû répondre aux questions des journalistes, et à celles de la police. Et il faut bien dire que c'est à ce moment là que les difficultés ont commencé.

-Donc, monsieur Harry Kent, vous reconnaissez bien avoir rencontré Ben Clark?

-Oui bien sûr!

Contrairement aux conseils de Ben, j'avais immédiatement avoué la vérité, je trouvais que c'était mieux comme ça. De toute façon, nier n'aurait servi à rien, et puis, je m'en sentais incapable.

-Vous reconnaissez donc cet homme?

Le policier me présentait la photo d'un homme d'une soixantaine d'années, dégarni, rondouillard, il ressemblait plus à un banquier, qu'à un flic à la retraite.

-Pas du tout, lui ce n'est pas le Ben que j'ai rencontré en tout cas.

-Monsieur Kent, je vous conseille de bien regarder, cet homme est Ben Clark, je vous rappelle qu'il s'agit d'un meurtre, et même s'il ne ressemble pas physiquement au personnage de votre roman, il correspond en tout point au Ben Clark de votre bouquin. Flic à la retraite, atteint d'un cancer des poumons, gros buveur de whisky, incapable de s'arrêter de fumer, bref le même bonhomme. Alors!?

Alors, qu'est-ce que je pouvais bien dire? Ce n'était pas lui, j'en étais sûr. La première fois que j'avais vu sa photo dans le N Y Times, j'avais cru qu'ils s'étaient trompés. J'avais même appelé la rédaction du journal. Non, il fallait bien se rendre à l'évidence, ce Ben n'était pas le bon. Sur le moment ça m'a soulagé, au moins le vrai Ben n'était pas mort. Mais très rapidement ce changement de personnage est devenu un véritable problème. Pourquoi ce Ben n'était-il pas le bon Ben? Après tout j'aurais pu mentir et dire que c'était effectivement lui, et que de toute façon je n'étais pour rien dans son décès, et puis c'était son idée après tout.

Mais je ne le connaissais pas ce type, et tous les soupçons se portaient sur moi. Je ne me faisais pas trop de soucis, ça aussi c'était prévu, ça faisait même grimper les ventes. Je restais serein, d'autant plus que je n'avais tué personne, ça j'en étais sûr.

-Ecoutez lieutenant, je ne peux pas vous dire que c'est Ben, si ce n'est pas lui. Vous savez, ça me surprend aussi, mais il faut se rendre à l'évidence, ce type, je ne l'ai jamais vu de ma vie.

- Pourriez-vous nous dresser le portrait robot de votre Ben?

Petit à petit le visage se matérialisait sur l'écran, les cheveux grisonnants, le front étroit, les joues creuses, les yeux verts, les sourcils quasi inexistants, le menton coupé transversalement par une ride profonde, le nez fin et court, les oreilles légèrement décollées aux lobes inexistants. Mon bonhomme était là, mais qui était-ce?

Et puis il a bien fallu que je les emmène chez Ben, enfin, celui que je connaissais sous ce patronyme tout du moins. Cette fois-ci j'aurais préféré plus de discrétion, mais se déplacer avec une dizaine de policiers, même en civil, ça ne favorise pas vraiment les déplacements incognito.

Le lieutenant fit un geste de la main qu'il accompagna d'un bougonnement à peine audible, mais qui devait être quelque chose comme « George! Jim! » et deux flics se postèrent dans le hall d'entrée, mains dans les poches, lunettes noires de service, et chewing-gum réglementaire, impossible de les prendre pour des gardiens d'immeuble. Le reste de la troupe se compressa avec moi dans l'ascenseur.

Arrivé au vingt-huitième étage, je dirigeais mon petit groupe vers l'appartement de Ben, sans illusion, je ne l'avais pas revu depuis au moins trois mois. Sur une injonction du lieutenant, un de ses hommes appuya sur la sonnerie et se plaça face à la porte, alors que ses collègues, pistolets aux poings, s'étaient positionnés de part et d'autre de l'encadrement. Quant à moi, j'étais relégué à l'arrière plan, sous la protection directe du lieutenant. Tout ceci me semblait un peu excessif, mais je finissais par me prendre au jeu. En voyant toute cette armada se déployer devant moi, les visages tendus, les regards fixes, je sentais le danger se matérialiser. Pourtant j'ai appuyé des dizaines de fois sur cette sonnette, sans armes ni gardes du corps et d'ailleurs il ne s'est jamais rien passé. Le policier appuya une deuxième fois.

Je n'osais pas dire qu'il n'y avait sûrement personne, mais j'en étais maintenant convaincu, même si quelques secondes plus tôt j'avais eu des doutes, il fallait revenir à la réalité, cet appartement était vide un point c'est tout, pas de dangereux criminel ni de monstre extraterrestre. L'affaire était entendue, allez hop! On rentre à la maison, ici il n'y a personne.

Quand la porte s'est ouverte, j'ai eu une seconde poussée d'adrénaline. L'appartement n'était pas vide!

-Maman! Maman!   Il y a plein de monsieurs dans le couloir, et en plus ils ont des pistolets.

La gamine devait avoir six ou sept ans, petit bout de femme toute frisée, adorable dans son pyjama rose avec une peluche non identifiée sous le bras. Souriante, insouciante, elle nous regardait satisfaite.

La mère fut nettement moins souriante, et beaucoup plus affolée. Une femme charmante néanmoins. Les explications du lieutenant permirent de rétablir le calme et donc d'entrer dans l'appartement qui ne ressemblait plus du tout à ce que j'avais vu trois ou quatre mois auparavant. C'était propre, rangé, ça sentait bon, rien à voir avec le monde de Ben, plutôt crasseux, désordonné, puant le tabac froid et la friture rance.

Dans un premier temps je me suis dit que je m'étais trompé d'appartement, mais non, c'était bien celui-ci, le numéro deux cent quatre vingt deux. Le doute s'est immiscé insidieusement dans mon esprit. Les problèmes s'enchaînaient de façon mécanique, et rien ne correspondait à ce qui s'était passé. Ben n'était pas Ben, son appartement n'était pas son appartement, et moi je me demandais si j'avais bien vécu tout ça. Toute cette histoire aurait-elle été le fruit de mon imagination. Et si j'avais tué ce flic retraité, et si j'avais perdu la raison et si tout ceci n'était qu'une gigantesque farce, alors ils seraient tous complices, la femme et sa gamine, les flics, les journalistes, mon éditeur, le fameux Ben. Le vertige, un abîme s'est ouvert sous mes pieds, je me sentais happé inexorablement vers le bas, sans force, sans voix.

Le lieutenant toussota, sortit un calepin de sa poche et fit son métier de lieutenant.

- Ça fait longtemps que vous habitez ici?

-Depuis cinq ans environ…

-Avez-vous déjà quitté votre appartement pendant plusieurs semaines cette année?

-Cette année non, la dernière fois que nous sommes partis avec ma fille, c'était l'année dernière chez mes parents, à Los Angeles.

Le policier notait consciencieusement tout ce que lui disait la jeune femme, et moi je continuais à m'enfoncer dans le trou noir, le vide absolu. Pourtant Ben habitait ici, c'était une certitude. Une seule solution, cette femme mentait. J'ai senti une énorme bouffée de chaleur m'envahir le ventre, puis s'irradier dans tout mon corps. A la colère succéda la haine, je me suis mis à détester cette femme de façon instantanée.

-Espèce de sale menteuse, et tu crois que je vais avaler ça? Il faut arrêter cette folle, il faut l'enfermer et lui faire dire la vérité. Je n'ai jamais entendu de telles conneries, mais tu ne t'en sortiras pas comme ça, ils interrogeront les voisins, ils verront bien que c'est moi qui dit la vérité. Tu m'écoutes espèce de connasse?!

Les policiers m'ont ceinturés, avant même que je ne lui touche un seul cheveu. Je n'avais jamais ressenti ni même imaginé une telle violence. D'ailleurs les hommes du lieutenant ont eu certaines difficultés à me maîtriser, ce dont je suis assez fier finalement.

Le lieutenant Marouani, sûrement d'origine italienne, était finalement un brave type, jusque là il m'avait semblé antipathique, mais je pense que c'était sa façon d'être, froid, distant, il ne cherchait pas à mettre à l'aise. Il faisait son boulot, point final. Après avoir écouté longuement la jeune femme, alors que je patientais dans un bureau du poste de police, il m'a fait signer une déposition, et m'a demandé de le suivre, sans aucune explication. Nous avons pris sa voiture, une Ford Escort flambant neuve, il a sorti un paquet de cigarettes, m'en a proposé une, que j'ai refusée, c'étaient des mentholées, puis il a allumé la sienne.

-Ça ne vous dérange pas j'espère, mais je ne fume qu'en voiture. Dites-moi, ça se complique votre histoire….

-Ça se complique sacrément oui, je dois vous avouer que j'ai moi-même du mal à m'y retrouver.

-On va y arriver, ne vous inquiétez pas monsieur Kent. Le plus étrange, c'est quand même cet appartement.

-Là j'avoue que l'appartement je ne comprends plus, pourtant c'est bien celui là, j'en suis certain…

-Et puis il y a le Ben, de votre livre, il correspond parfaitement au flic qui s'est fait dessouder. C'est bien pour ça qu'on vous a convoqué, trop de détails qui collent parfaitement au bonhomme, vous ne pouviez pas inventer.

-Vous connaissiez Ben? Enfin je veux dire celui qui est mort.

-On a fait équipe au début, on s'est un peu perdu de vue ensuite, mais je le connaissais bien oui. Mais d'après ce que vous avez écrit, vous le connaissiez aussi bien que moi, une sorte de vieux singe solitaire, jamais sans sa bouteille et ses clopes, énigmatique, parfois il tombait dans de longs moments de silence, je ne sais pas, il était très secret, on ne sait pas grand chose sur lui, hormis ses états de service dans la police...

L'obscurité commençait à envelopper toute la ville. Les enseignes, les phares, les lampadaires, les appartements éclairés, les télévisions composaient dans une involontaire complicité un écrin de lumière qui m'a toujours fasciné. Je laissais mon regard se perdre dans les rues, les immeubles, les néons, les bandes phosphorescentes, j'étais totalement attiré par tout ce qui brillait, peut-être pour mieux échapper à l'obscurité qui s'épaississait désespérément. Mon regard rentra à nouveau dans l'habitacle, glissant sur le tableau de bord, réseau complexe de diodes multicolores et de cadrans lumineux, puis le volant fermement tenu par les mains d'un Marouani imperturbable.

Pas très bavard le lieutenant, à quoi pouvait-il penser? A sa femme qui l'attendait devant la télé, à ses gosses qui seraient déjà au lit lorsqu'il rentrerait, à cette sale affaire, dont le criminel était peut-être assis en ce moment à côté de lui? A rien? Et s'il ne pensait à rien, ou à des futilités, du style : il faudrait que je m'achète une nouvelle paire de lunette de soleil, les miennes sont mortes, et puis il faudra que je dise aux gamins qu'ils arrêtent de passer par dessus le portail, ils vont finir par le bousiller, pour la prochaine voiture je ferai mettre un lecteur de CD, la radio c'est vraiment pourrie, que des pubs....

-Dites-moi monsieur Kent, ça fait longtemps que vous écrivez?

-Quelques années, oui. C'est difficile à dire comme ça, mais disons que j'ai commencé à écrire à l'âge de treize ans, c'était de la science fiction, rien à voir avec ce que je fais aujourd'hui, mais à l'époque j'adorais cet univers, surtout les séries, « Les envahisseurs », « Cosmos 1999... »; ça devait faire quinze pages, mais pour moi c'est vraiment le début. Malgré tout je pense que c'était mauvais, enfin difficile de savoir aujourd'hui. J'ai oublié ces quelques pages dans un tiroir, et j'y suis tombé dessus par hasard, quatre ou cinq ans plus tard. J'ai lu la première page et j'ai tout balancé à la poubelle, en me jurant de ne plus jamais écrire. Ce que j'ai fait jusqu'à l'âge de vingt neuf ans.

Cette année là, je tombe sur une publicité pour un concours de nouvelles policières organisé par un éditeur. Je glisse le carton dans ma poche, bien décidé à ne rien écrire de toute façon, puis petit à petit, les idées viennent, je construis un scénario dans ma tête, je commence à prendre des notes, et voilà.

-Vous avez gagné le concours?

-Non, mais depuis je n'ai jamais cessé d'écrire.

-Vous avez bien fait de continuer, vraiment je me demande pourquoi vous n'avez pas gagné ce concours...

-Normal, je n'ai jamais envoyé la nouvelle, c'est devenu mon premier roman.

-« Roman policier »?

-Oui, c'est ça, « Roman policier », je me rappelle que l'éditeur avait hésité à garder ce titre, et à vrai dire je ne l'avais pas vraiment choisi, c'était seulement le nom du fichier que j'avais mis sur la disquette pour la lecture et la correction, et une secrétaire l'a noté en titre du roman, voilà tout, alors on l'a gardé.

Marouani me semblait de plus en plus sympathique, il ressemblait vraiment à un brave type, mais j'allais apprendre que j'étais en face d'un véritable professionnel, qui ne laissait rien au hasard.

-Je me suis toujours demandé comment vous faisiez dans chacun de vos romans, pour donner autant de détails sur les meurtres et les victimes. On trouve déjà ça dans le premier.

-Je me documente, les journaux, les romans de mes confrères… et puis c'est l'habitude.

-Dans le dernier c'est époustouflant, remarquable de détails et de précisions, je dirais même, étrangement réel.

Le lieutenant avait lancé l'appât, il avait fait diversion, et maintenant il allait ferrer, et remonter tout doucement, sans à coup, en prenant son temps, surtout ne pas effrayer, de la douceur.

-Qu'est-ce que vous voulez dire par étrangement réel?

-Que votre description de la victime correspond parfaitement à celle que l'on trouve dans le rapport de police concernant le « vrai » Ben Clark. Et je trouve ça étrangement réel.

-Attendez, mais les journaux n'ont pas parlé de ça, il paraît que ça pourrait être un suicide…

-Les journaux ne savent pas encore, mais ça viendra, ces satanés journalistes finissent toujours par savoir. Ça sera excellent pour votre bouquin, peut-être un peu moins bon pour vous cependant.

J'en étais à ma deuxième descente aux tréfonds des abysses, dans le noir absolu. La rechute était terrible, ni les lumières de la ville ni la subtile luminosité du tableau de bord ne purent me maintenir à la surface, je sombrais dans le vide. En même temps, j'étais fasciné par le calme de Marouani. De sa voix monocorde il m'avait fait comprendre que mon affaire était sérieuse et que j'étais un suspect de premier ordre. Il s'agissait du meurtre de l'un de ses collègues et pourtant il n'avait jamais manifesté d'antipathie à mon égard. De la distance oui, de la franchise sans détours, mais pas de haine, comme celle qu'on voit dans les séries. Ce type inspirait le respect, c'est bien ça qui m'a fait refaire surface.

-Monsieur Kent, nous nous revoyons demain, disons vers onze heures, ça vous va?

Il s'était arrêté devant mon immeuble, je sortais de façon un peu mécanique, fouillant machinalement mes poches à la recherche de mes clés.

-Reposez vous, et prenez contact avec un avocat, on ne sait jamais. Bonne nuit.

-Bonne nuit.

J'ai ressorti la bouteille de whisky et je lui ai jeté un sort. Oublier, tout effacer, se réveiller tout neuf, il ne s'est rien passé. Le message de mon éditeur sur le répondeur confirmait bien que le bouquin faisait un carton, formidable. Si je pouvais tout balancer au feu, à commencer par ce manuscrit. Excellente idée, j'allais débarrasser l'humanité de cette ineptie, de cet écrit satanique qui signait mon arrêt de mort.

Je finissais bien par me demander si je n'avais pas tué le Clark en question. Avec Ben on avait travaillé cette partie à fond, en détail, il voulait que ce soit parfait. J'avais encore en tête les images du corps de Ben gisant dans son salon, une marre de sang s'écoulant jusque sous ses jambes, pantin désarticulé, dans une position grotesque, abandonné définitivement par la vie. Il me l'avait dit, un cadavre ce n'est jamais comme dans les films, en position allongée comme quelqu'un qui dort, ce n'est jamais aussi esthétique, ça fait peur.

Ces images, les avais-je construites, les avais-je vues? Je ne savais plus. Pourtant le Ben que je voyais baignait nettement dans une marre de sang coagulé, le visage enfoncé dans le tapis, la bouche laissant encore échapper un liquide mi-sanguin mi-bileux, sorte de remugle dégoûtant aux émanations putrides. « Il y a toujours des odeurs m'avait-il précisé, même si le type vient de crever, c'est immédiat, ça pue, pas la pisse, pas la merde, pas le pourri, une sorte de synthèse subtile, quelque chose d'unique. »

Quand j'y repense c'était un drôle de type ce Ben, quand il me décrivait les positions, les odeurs, l'arrivée des flics, le travail des légistes, j'avais l'impression d'y être, c'était si précis. Mais je n'y étais pas, c'est impossible.

Il fallait que je trouve de l'aide, un avocat, m'avait dit Marouani. Je n'en connaissais pas. Un innocent ne prend pas d'avocat, mais étais-je bien innocent? Même si je n'avais tué personne, j'avais tout de même écrit, alors que rien ne m'y obligeait. Je savais bien que ce n'était pas clair cette histoire de meurtre racontée à l'avance, mais j'avais bien fini par accepter.

Je récupérais tout ce qui pouvait toucher de près ou de loin à ce foutu roman, à commencer par le manuscrit avec toutes les notes qui s'y rattachaient, et je balançais tout ça dans la cheminée.
-Au feu la diablerie, demain j'achèterai tous les exemplaires que je pourrai trouver et je les brûlerai.

Il fallait que je me débarrasse physiquement de toute cette ineptie, de ce non-sens de l'écriture, combattre par le feu cette horreur littéraire, lutter et triompher du mal.

Le whisky déclenchait chez moi des envolées ésotériques, je me sentais victime d'une véritable conspiration satanique, ne jurant que de purification par la calcination et la combustion. Je pense que je me suis assoupi. Combien de temps? Je n'en sais rien, mais lorsque le mal de crâne m'a ramené à la vie, il faisait encore nuit. J'ai immédiatement pensé à Sophie. Pourquoi est-ce que je n'y avais pas pensé auparavant? Je prenais le téléphone et je l'appelais.

* * * * *

Delphine avait mis les mains devant les yeux, attendant la surprise avec une impatience non dissimulée.

-Alors ça vient, qu'est-ce que vous faites? J'attends moi!

Sophie tenait absolument à allumer les bougies et à apporter le gâteau dans la salle à manger, toutes lumières éteintes. Laurence et Philippe avaient fini par se plier à ce rituel, non pas que Sophie soit particulièrement maladroite, mais à son âge, le colis qu'elle portait à bout de bras était d'un volume conséquent. D'ailleurs, sur les photos on pouvait voir deux petites jambes surmontées d'une énorme pâtisserie couverte de bougies aux flammes vacillantes. Le plus souvent, dans son impatience à peine contenue, la grande sœur finissait par dire :

-Alors ça vient le gâteau sur pattes?

Mais la petite ne se démontait pas, toute à son affaire. Elle finissait d'allumer les bougies consciencieusement, persuadée d'être investie d'une mission d'importance capitale. Puis l'instant tant attendu, dans le noir absolu, les quatorze petites flammes s'avancent vers la table, au rythme de « Joyeux anniversaire, joyeux anniversaire Delphine!... » Lorsque le vaisseau scintillant de tous ses feux se pose enfin sur la table, Delphine se remplit entièrement d'air, y compris les joues qui doublent de volume pour la circonstance, et propulse violemment cette réserve sur les petites flammes sans défense, plongeant tout l'aréopage dans la pénombre, sous les applaudissements.

A ce stade il est de bon ton d'enlever les bougies, de donner les cadeaux, et de bouffer le gâteau. Mais c'est sans compter l'acuité de Sophie, qui du haut de ses huit ans, ne se formalise pas du nombre de chandelles et tient absolument à souffler les flammes elle aussi. Il faut donc ressortir les allumettes, éteindre à nouveau la lumière, bref, tout recommencer à zéro, ce qui amuse de moins en moins la plus grande dont l'impatience à peine déguisée, se traduit par des expirations répétées, voire insistantes.

Donc, re-joyeux anniversaire, re-soufflage de bougies (par la petite cette fois-ci), et re-bravo. Et invariablement, la grande excédée par tant d'attente :

-T'es pénible Soph. Chaque fois tu fais le coup, t'es grande maintenant quand même…

-Oui, mais ça me fait un entraînement pour quand j'aurai quatorze ans moi aussi.

-T'as pas besoin d'entraînement, et moi, comment je fais?

-Et ben, chaque fois que c'est mon anniversaire, tu les souffles toi aussi…

-C'est sûr, tu le fais pour le mien…

-Allez les filles, on se calme, c'est pas le moment de se chamailler non? Cadeaux et gâteau, OK?

Deux paquets et une enveloppe atterrissent sur la table. Tous les regards sont tendus vers Delphine, qui ouvre enfin, et avec une réelle délectation, les cadeaux tant attendus. Du premier paquet elle sort le pack vidéo de la guerre des étoiles.

-Super papa!!

-Depuis que tu en parlais!

Du second elle extrait une tétine, sous les regards médusés de Philippe, interrogateurs de Laurence et complices de la petite sœur.

-C'est vraiment super Soph. T'es géniale!

-Ah! Laissa échapper Philippe.

-Bon!? Surenchéri Laurence. Et tu vas en faire quoi?

-Un porte-clefs bien sûr, tout le monde en a au bahut.

-Voilà qui nous rassure.

Les bons d'achats rencontrèrent moins de succès, mais ils n'allaient pas s'éterniser dans le portefeuille. Pour l'heure, la Guerre des étoiles avait deux spectatrices assidues parfaitement incrustées dans le canapé. Quant aux plus grands, la douceur de la soirée leur permettait un repli stratégique vers la terrasse, loin des sabres lasers et des chevaliers Jedi, laissant Delphine se débrouiller au mieux avec les questions incessantes et insistantes de sa sœur.

-Dis, qu'est-ce que c'est le côté obscur de la force?

-On s'en fout, regarde Luc Skywalker comme il est beau! répliqua la grande en remettant la tétine dans sa bouche.

Dehors, les moustiques menaient un combat sans merci, citronnelle en lotion, bougies répulsives, diffuseurs électriques, bref il fallait des armes en nombre pour une réplique efficace. Philippe s'était plongé dans le journal qu'il n'avait pas encore eu le temps de parcourir, Laurence posa son livre sur la table et retourna vers la cuisine.

-Tu veux un café?

-Oui, je veux bien. Au fait, j'ai rencontré Karle aujourd'hui.

-Ha bon? Où ça?

-Au Gambrinus, il était avec Olivier, tu sais le journaliste?

-Ha oui, attends j'arrive.

Dans le salon, les sabres lasers crépitaient, et les filles s'enfonçaient de plus en plus dans le canapé.

-Delphine, tu ne crois pas que c'est un peu trop violent pour ta sœur?

-Mais non man, c'est trop cool.

Laurence poursuivit son chemin avec le plateau jusque dans le jardin, où Philippe avait engagé un combat sans merci avec les moustiques. Le journal plié en quatre claqua violemment sur la table.

-Deux d'un seul coup!

-Plus que deux millions huit cent mille à tuer, Attila. Alors, Karle?

-C'est l'enfer ces bestioles... Sympathique Karle, il est passé à la radio ce matin, ça marche son bouquin, en plus avec cette histoire...

-La mort de René?

-Oui, tu avais raison, c'est assez troublant en effet. Le personnage correspond en tout point à celui de René, mais les ressemblances vont plus loin, c'est ça qui est troublant. La pièce dans laquelle on a retrouvé le corps, la position du corps, la fenêtre ouverte, des papiers par terre, comme si on avait fouillé partout après l'avoir refroidi, la lampe halogène renversée, et le plus troublant, c'est ce carreau cassé à l'angle inférieur droit de la fenêtre.

-Effectivement, c'est troublant. Et qu'est-ce qu'il t'a dit?

-Coïncidence, et il a l'air sincère, j'avoue que j'ai du mal à l'imaginer en meurtrier.

-Meurtrier non, mais complice d'un suicide maquillé en meurtre?

-C'est un peu tordu, non? Aïe! Saleté de moustique...

Au salon, les armées de l'empire attaquaient en masses, les tirs redoublaient d'intensité et R2D2 était salement amoché. Comment est-ce que tout cela allait se terminer? Pour Sophie, la question ne se posait plus vraiment, elle avait commencé sa nuit, indifférente au sort de l'Empire. Delphine résistait encore, mais elle avait quelques difficultés à garder les yeux ouverts, la tétine naviguait lentement entre ses lèvres, sa tête s'était inclinée sur le côté, Luc Skywalker devrait se débrouiller sans elle.

Sur la terrasse la résistance s'était organisée. Les armes offensives n'étant que d'une efficacité relative, on avait opté pour une stratégie défensive dont le principe était de laisser le moins possible de surface cutanée à la portée de l'ennemi. Les couches protectrices s'accumulèrent, pantalons, puis veste à manches longues, chaussettes, foulard autour du cou, bref la cible des assaillants s'était réduite à deux visages entièrement couverts de lotion répulsive.

De ses mains gantées Laurence empoigna sa tasse et se leva.

-C'est une horreur les moustiques cette année. Allez, tout le monde aux abris.

-Je te signale que se sont uniquement les femelles qui piquent.

-Oh! Ça va, elles ont sûrement leur raison. Enfin si tu te trouves irrésistible tu peux toujours offrir ton corps à ces demoiselles…

-Pas des demoiselles, c'est pour leurs œufs…

-Tu prépares une étude sur les dames moustiques?

-Tout le monde sait ça, la femelle moustique a besoin de protéines animales pour la maturation de sa progéniture, c'était dans le journal.

-Mais je vois que tu as des références ! Et ils ne disent pas pourquoi on ne peut pas passer de soirées dehors sans habit de cosmonaute?

La porte vitrée coulissa formant un obstacle définitif à la gente piquante suceuse de sang humain, permettant du même coup un allègement considérable des protections textiles. Philippe, toujours en verve, y allait de sa théorie sur la démoustication, reprenant en cela les arguments exposés dans le journal du matin.

-Tu comprends, c'est encore un problème de fric, il faut des moyens pour tuer ces bestioles, mais ça ne rapporte rien, alors…

-Chut!

Laurence avait posé un index sur les lèvres du spécialiste en démoustication, montrant le canapé où les fans de la guerre des étoiles avaient définitivement capitulé, alors que le vaisseau amiral subissait une attaque dont l'issue ne laissait aucun doute.

-Chacun son paquet! Chuchota Laurence.

La procession s'engagea dans les escaliers, les filles molles comme des peluches ne défiaient les lois de la gravité que grâce aux bras de leurs parents dont l'ascension vers les chambres relevait du défi, surtout pour Philippe qui avait hérité du colis le plus lourd.

-Ce n'est plus possible à quatorze ans…

-Chut! Tu vas les réveiller!

La nuit s'imposa finalement et les rêves chassèrent la réalité. Delphine s'était transformée en princesse Leia aux côtés de Luc Skywalker, Sophie métamorphosée en R2-D2 émettait des sons métalliques, pivotant sur ses roulettes, elle parcourait à toute vitesse les couloirs du vaisseau, à la recherche de C-3P0.

Quant à Philippe, il pourchassait les moustiques femelles, armé d'un énorme pulvérisateur d'insecticide, sous les applaudissements admiratifs d'une foule en délire : « Vive le démoustiqueur! », « Phi-lippe pré-si-dent! Phi-lippe pré-si-dent! ». Un peu excessif, songea-t-il, mais dans un rêve, tout est permis.

Les chimères de Laurence avaient un côté plus reposant, seule assise dans un petit théâtre, elle vit arriver Maurice Karle. Il arpenta la scène quelques instants, se racla la gorge, prit son inspiration et sur un ton très solennel, il lança : Bonsoir! Puis il se dirigea vers une table où l'on avait disposé des piles de feuilles blanches. Il en prit une, la regarda puis la jeta par- dessus son épaule, il en prit une autre et fit de même, puis deux, puis trois et des piles entières. Le papier s'envolait et retombait sur les strapontins, comme des confettis un jour de carnaval. Une fanfare entra alors dans l'allée centrale aux sons de « I will survive », suivie par une foule de gens déguisés, armés de serpentins et de trompettes en plastique. Laurence s'avança alors sur la scène et se mit à danser un tango avec Karle. Comment danser un tango sur « I will survive », s'interrogea-t-elle? Mais après tout dans un rêve, allez comprendre.

Le lendemain matin, le temps s'était un peu cramoisi, le ciel avait enfilé un habit de coton et le thermomètre avait perdu de sa superbe, affichant une température bien inférieure à vingt degrés centigrades au petit matin, ce qui n'était pas terrible pour la saison. Les filles s'étaient levées en catimini, direction la cuisine, céréales, jus d'orange, plateau et direction le salon. La guerre n'était pas terminée, il fallait impérativement voir le Retour du Jedi, et ce dans les plus brefs délais. Sophie essaya malgré tout de négocier un report de quelques minutes, juste le temps de voir Inspecteur Gadget qui allait passer sur la Une. Pas question, s'exclama sa grande sœur, prétextant que c'était pour les bébés, et que d'autre part c'était vraiment trop nul. Quatorze ans c'est vraiment un âge nul pensa Sophie, mais elle garda cette réflexion pour elle et plongea cuillère la première dans son bol de céréales.

Philippe devait encore se battre contre les bestioles, très certainement encouragé par une population dont il était devenu le héros. C'est en tout cas ce que pensa Laurence, lorsqu'elle le vit se redresser dans le lit et s'écrier, le poing en avant : « Mort aux piqueuses! » il se rallongea aussitôt, se retourna de l'autre côté et se mit à ronfler sans aucun scrupule.

Huit heures et demi, inutile d'insister, Laurence ne se rendormirait pas, elle enfila une robe de chambre et se dirigea vers le salon. Etape numéro un, mettre en route une cafetière, étape numéro deux pipi, étape numéro trois se servir une tasse de café sans tarder, prendre un bouquin, se caler dans le canapé et profiter de cette solitude matinale avant la fin de la guerre des étoiles et le lever imminent de l'exterminateur de moustiques.

L'étape numéro trois était en cours, Laurence s'était incrustée dans le moelleux du coussin, un bol dans une main, le livre de Karle dans l'autre. Elle relisait une nouvelle fois le portrait de l'auteur juste sous la photo qui le montrait de trois quarts, en chemise blanche, souriant, les yeux plissés par la luminosité d'un soleil que l'on devinait estival. Tout cela était bien maigre et ne donnait pas beaucoup d'indications sur l'auteur de Best Seller. Pourtant une idée avait germé dans la tête de la jeune femme et, insidieusement, elle se transformait en véritable obsession, rencontrer Maurice Karle! Oui, mais où? Il habitait, paraît-il, dans un Mas, mais c'était bien trop vague. Demander à Philippe? Il n'est pas utile de l'informer de ce projet. Regarder dans le bottin? Peine perdue, il est sûrement sur liste rouge. Pourtant il doit bien y avoir un moyen, contacter son éditeur par exemple. Mais c'est long et peu discret, et puis il faut certainement se justifier.

Est-ce l'envie de croissants qui a déclenché l'idée de poser insidieusement la question à madame Béranger ou l'idée de poser la question à madame Béranger qui a déclenché l'envie de croissants? Car la dame en question est boulangère, c'est un fait, mais aussi et surtout, elle est au courant de tout, rien ne lui échappe. Le moindre événement allant de la communion du petit Delerm, aux crises d'ulcère du vieux Gauthier. Tout est décrit dans les moindres détails, analysé jusque dans les moindres recoins, elle sait tout. Pour obtenir des informations sur un événement ou sur quelqu'un en particulier, il suffit de lancer le mot clé.

-Et vous avez vu cette histoire avec cet écrivain, heu… comment s'appelle-t-il déjà?…. Karle! Maurice Karle…

Laurence avait mis les formes, prendre un air détaché, le tout sur un ton mi-étonné, mi-affligé, mais surtout, montrer que l'on ne s'intéresse pas trop au sujet, cela pourrait éveiller les soupçons, et provoquer un blocage irréversible de l'agent de renseignement.

-Une drôle d'histoire vous avez raison, et puis c'est surtout ce pauvre René… Enfin il paraît qu'il n'en avait plus pour très longtemps, mais bon, c'est pas une raison. Dites, c'est votre mari qui a dû être secoué non? C'était un de ses collègues!

Quelque fois, le mot clé n'accroche pas et on assiste à une sorte de glissement insidieux vers un thème voisin. Généralement les rôles se trouvent alors inversés, ce déplacement n'ayant d'autre but que de récupérer des renseignements auprès du questionneur dont on peut supposer qu'il est en possession de détails du plus grand intérêt. C'est la loi du marché, donnant, donnant.

-Il a été très secoué vous savez, d'autant plus que cette histoire se complique. Enfin il faut attendre la suite de l'enquête....

Relance discrète vers le thème de départ, un soupçon de mystère, ne pas trop en dire, mais montrer que l'on sait encore des choses. Faire mine de partir, c'est infaillible.

-Ah! Parce que c'est votre mari qui est sur l'enquête? Ça doit pas être facile...

Prendre un air intéressé, comme si on attendait cette question depuis le début, donner l'impression qu'on va enfin dire ce qu'on sait, mais qui est absolument confidentiel. Faire un pas vers l'agent de renseignement, se voûter légèrement, jeter un regard discret vers l'extérieur, baisser le ton, efficacité garantie.

-Surtout depuis que cet écrivain a sorti ce livre, les coïncidences sont frappantes. D'ailleurs mon mari l'a rencontré hier après-midi, il paraît que c'est quelqu'un de très bien, mais bon, ça ne veut rien dire. Vous l'avez déjà vu?

Relance du sujet de départ, révélation d'un scoop que Mme Béranger pourra divulguer à tout le quartier, bref, la boulangère est prête à tout lâcher. Sur le ton de la confidence, elle lance:

-Non, ça je ne l'ai jamais vu, mais il paraît que c'est un sacré joueur de tiercé. Vous savez, c'est madame Delay, son mari est serveur au PMU, elle me disait que l'écrivain y était collé tous les dimanches. Et en plus, mais ça reste entre nous, il gagne presque chaque fois. Bizarre non?

C'est dimanche justement, le Bar PMU est à dix minutes, il faut s'éclipser sans tarder, et mettre fin à la discussion sans éveiller les soupçons.

-Il faudrait qu'il nous donne sa technique, comme ça plus besoin de travailler.

-Ne m'en parlez pas si j'étais sûre de gagner, j'irais jouer tout de suite.

-Vous devriez tenter votre chance. Allez, je vous laisse, mes monstres attendent leurs croissants....

-Allez au revoir madame Caras, et bon dimanche.

Mission accomplie, un détour par le PMU ne constituait plus qu'une formalité. Bien sûr, rien n'indiquait que Karle serait là, mais il y avait de bonnes chances et puis il n'était pas question d'abandonner en si bon chemin.

Après la boulangerie qui sentait bon le pain chaud et le croissant, le choc olfactif était maximal. Il n'y avait pas une odeur, mais des odeurs, celle de la Gauloise que fumait le patron, mais aussi la senteur caractéristique d'une Camel et en s'enfonçant un peu plus vers le fond, le fumé épais d'un cigarillo. En se glissant entre deux tables, les effluves de tabac froid s'échappaient sans vergogne de la gueule béante d'un cendrier Ricard. Des relents d'alcool se glissaient dans cette atmosphère déjà surchargée, sûrement ces deux jeunes gens aux yeux noircis par une nuit blanche passée au Stevenson. La tasse de café fut salutaire, Laurence y plongea le nez dans une profonde inspiration, arômes d'Arabica, parfums familiers des matins frais lorsque Philippe ramène un plateau avec deux tasses brûlantes.

Retour au PMU, le petit noir est avalé, les odeurs n'en font plus qu'une, quelque chose de relativement dégueulasse, sorte d'exhalaison indéfinie, âcre et amère, enveloppant tout sur son passage, les habits, les voix, les bruits, et même le pchiit de l'expresso. Se lever et partir, tant pis pour Karle. Direction la sortie, en apnée, tous les orifices bouchés, sauf les yeux, les croissants bien à l'abri sous le manteau, pour éviter toute contamination. Et c'est l'impact.

-Excusez- moi!

-Ce n'est rien.

-Mais, vous êtes Maurice Karle!

-Chut! Je suis ici incognito.

-Ha! Bon!

-Motus et bouche cousue.

Il sent encore bon l'eau de toilette, mais ce n'est plus qu'une question de secondes, dans quelques instants il n'y paraîtra plus. Faut-il le lui dire? Laurence hésite, puis renonce immédiatement, elle préfère aller droit au but.

-Je suis enseignante en arts plastiques, et vraiment j'aimerais que vous rencontriez mes étudiants…

-Tout de suite?

-Si on pouvait se revoir…

-Tout de suite?

-Disons demain au Gambrinus vers quatorze heures.

-C'est un peu direct, mais d'accord, à demain.

Les croissants ne seraient plus chauds, mais ça valait le coup, Laurence était repartie d'un pas décidé vers un vrai petit déjeuner, avec l'odeur du chocolat chaud et du pain grillé.

La cafetière expulsait ses derniers râles, les bols étaient posés sur la table, Philippe s'étirait devant la baie vitrée, il était temps.

-A table les filles, voilà les croissants qui arrivent!

* * * * *

-Allô!?

Après vingt sonneries, Suzy avait fini par sortir de son lit. Au ton de sa voix, j'avais bien compris qu'elle n'était pas particulièrement heureuse de ce réveil plutôt matinal.

-Il est quatre heures du matin Harry!

-Je sais, mais je n'arrivais pas à dormir…

-Et bien moi, oui!

J'étais rassuré, Suzy n'avait pas disparu, on pourrait tout expliquer, elle aussi elle avait vu Ben. Je lui proposais de venir le lendemain matin, puis d'aller ensemble au commissariat. Finalement je m'endormais sur le canapé, après avoir absorbé la dernière gorgée de whisky.

-Allô!

J'avais dû répondre un peu sèchement, il faut dire que le téléphone m'avait bel et bien réveillé cette fois-ci.

-Ha! Bonjour Lieutenant Marouani, excusez-moi, mais je me réveille à l'instant, alors…. Qu'est-ce que vous dites?…. Onze heures et demi?… Vous m'attendez?…. Une voiture m'attend?… Oui, je la vois juste en bas. J'arrive tout de suite Lieutenant.

Les collègues de Marouani n'étaient pas très loquaces, et plutôt pressés de me conduire au poste de police. Curieusement, je languissais de retrouver le lieutenant, le seul être humain vraiment humain que j'avais côtoyé depuis mon interpellation. Lorsque je vis enfin son visage qui se penchait vers la vitre arrière de la voiture, j'esquissais un sourire de soulagement qu'il me rendit sans aucune hésitation. Je crois bien qu'il m'aurait souri de toute façon. Non pas qu'il s'agissait de quelqu'un de particulièrement jovial, mais il ne plaignait pas ses zygomatiques, même s'il ne les soumettait jamais à la rude épreuve d'un rire sonore et disgracieux, ou à la corvée d'un rictus de circonstance, dont ses collègues abusaient sans compter, juste pour déstabiliser le coupable potentiel que j'étais devenu bien malgré moi.

-Bonjour monsieur Kent, alors quelques difficultés pour se réveiller?

-Pour s'endormir surtout…

-Pas la conscience tranquille…?

-Soucieux….

- Suivez-moi!

Les couloirs du commissariat étaient en pleine effervescence. Assis, debout, courant à petites foulées, chacun était absorbé par sa tâche ou son sort, suivant les cas. Les visages constituaient autant de livres sur lesquels on pouvait lire la peur de ce jeune homme debout devant un homme en uniforme au regard menaçant, mais aussi l'angoisse de cette mère écoutant le compte rendu du délit dont son fils était responsable, ou encore la résignation de cette vieille dame dont le chien devait être piqué après avoir mordu un passant.

Tous racontaient une histoire, mais pouvait-on lire la mienne dans mes yeux, sur mes lèvres, sur mon front plissé par la fatigue et l'inquiétude? Au milieu de cet univers d'angoisse et de peur, Marouani semblait rayonner par sa candeur, ses grandes jambes se croisaient comme un compas, avec la rigueur d'un métronome, sans forcer le pas, avec douceur et tranquillité. De temps à autre il serrait une main, tapait amicalement sur une épaule, lançait un clin d'œil à un collègue, arborant toujours ce sourire si naturel.

Bien que cela puisse paraître inconcevable, j'étais bien. Je me surprenais même à sourire, à lancer des clins d'oeil, pris dans mon élan je serrais même une main, à la suite de mon guide, dont j'emboîtais, maintenant, parfaitement le pas, encadré par deux agents aux regards figés masqués par d'affreuses lunettes de soleil.

Le cortège que nous formions s'arrêta en douceur à la hauteur d'une porte sur laquelle était écrit Lieutenant S. Marouani. Je n'avais encore jamais vu le bureau du boss comme l'appelaient ses subordonnés. C'était un surnom sympathique, d'ailleurs il s'agissait plutôt d'un compliment, enfin il me semble. J'imaginais donc un lieu en rapport avec le personnage, à la fois distant et agréable, froid mais avec une petite note de chaleur donnant à l'ensemble une douceur sucrée-salée, une sorte d'hybride entre le british coincé et l'italien exubérant. Ce fut la surprise!

Tout ce que je venais d'échafauder sur les qualités humaines de l'homme de loi, s'effondrait de façon inexorable et définitive dans les abîmes de mon imagination, laissant la triste réalité s'engouffrer dans ce trou béant. Un frisson me parcourait la colonne vertébrale de haut en bas, j'avais froid soudain.

Des murs vides et blancs, un bureau métallique gris, pas de fauteuil, mais des chaises en plastique marron-beige, une lampe façon Gestapo, et rien d'autre. Je basculais dans un autre monde, une autre époque, dans une dictature d'Amérique latine, convoqué pour une mise en scène d'interrogatoire, dont le seul but serait ma mise en accusation pour un acte que je n'avais pas commis bien sûr, mais cela était secondaire. De toute façon les preuves étaient accablantes.

Aux frissons succédait la transpiration, je me surprenais à avoir peur, il fallait que je me ressaisisse, nous étions bien au XXIème siècle, dans une démocratie de surcroît, je ne risquais donc pas une exécution sommaire.

-Vous m'avez l'air fatigué, un petit café? Ça vous fera du bien!

La tape sur l'épaule, le ton amical, je me sentais déjà mieux, mais je ne pouvais pas m'empêcher de penser que ce cher Marouani était vraiment quelqu'un de malin, très malin. Tout ce qui jusqu'ici m'était apparu comme un penchant naturel du bonhomme, m'apparaissait maintenant comme un comportement prévu d'avance. L'humaniste était devenu une sorte de démagogue calculateur, sans vergogne ni état d'âme, un machiavel d'une redoutable efficacité qui allait tout d'abord m'amadouer avec son café, peut-être même allait-il m'offrir un ou deux cookies, histoire de m'adoucir avant de porter le coup fatal.

J'étais prêt à dire non, mais je n'en eu pas la force, parce que malgré tout je le trouvais encore sympathique avec ce timbre de voix si particulier, ce phrasé si posé, si calme, cette force douce qui ne le quittait jamais. Après tout je me trompais peut-être, cette pièce n'était qu'un bureau, je ne pouvais pas le juger sur ce seul indice. Je décidais d'apprécier le café et le morceau de cake qu'il me proposait avec un sourire complice, se laissant lui-même aller à cette petite entorse dans son régime, ce qu'il me signifia par un : «aller tant pis je me laisse tenter aussi.» Il trempa même son morceau de cake dans le café, avant d'y planter ses dents avec une évidente jubilation.

Un des deux hommes à lunettes noires qui s'était absenté jusque là fit à nouveau son apparition.

-Le courrier, Boss!

Curieusement ce surnom ne me faisait plus le même effet, autant j'avais pu le trouver sympathique, autant là, il m'apparaissait démesuré, hors de propos, avilissant pour ceux qui l'utilisaient avec tant de docilité comme la marque d'une soumission imposée, avec une pointe de dérision pour confirmer la supériorité du patron, au cas où l'on aurait eu des doutes. J'avais à nouveau des frissons, je me voyais à quatre pattes, répétant sans cesse : « je ne le ferai plus Boss, je ne le ferai plus. » Les yeux mi-clos, le menton baissé en signe de soumission.

Il fallait que je me ressaisisse, que je me rassure, que j'arrête ce délire ridicule, ça ne pouvait pas durer, Marouani était un brave type, il n'y avait aucun doute, il me l'avait prouvé, d'abord hier soir en me conseillant de prendre un avocat et puis ce matin en m'invitant gentiment à venir le rejoindre ici, alors que j'étais plus qu'en retard. Non, j'avais affaire à quelqu'un de compréhensif, un brave type, voilà, rien d'autre.

Ça ne me suffisait pas, il me fallait quelque chose de tangible, une révélation intime sur le personnage. Etait-il marié? Avait-il des enfants? C'était important, un type qui a des enfants ne peut pas fondamentalement être méchant. Je recherchais des indices, une alliance, une photo, un dessin de gamin. Rien, l'alliance n'était pas un indice consistant cependant, il pouvait très bien l'avoir enlevée ou ne pas être marié et être malgré tout un bon père de famille.

Mais il y avait un autre détail intime auquel je pouvais avoir accès, et je nourrissais quelques espoirs de ce côté là. Sur la porte j'avais pu lire : Lieutenant S. Marouani. J'osais espérer un prénom de gentil, Simon comme Paul Simon ou Serge, comme Serge Gainsbourg ou encore Sonis, comme Sonis Rollins. Mes espoirs furent définitivement anéantis lorsque je vis très nettement sur le courrier qu'il avait pris entre ses mains, que son prénom était Sylvester, comme Stalone. J'étais foutu.

Il passa délicatement le pouce sous le rabat de l'enveloppe et le fit céder par petits à coups successifs, puis il en sortit deux feuillets qu'il parcourut avec un vif intérêt, à tel point qu'il posa même le reste du courrier, repoussant son ouverture à plus tard, ainsi que son café devenu dérisoire au regard de l'importance que constituaient ces deux feuilles de papier. Allait-il me mettre dans la confidence? Je me surprenais par l'intérêt que je portais moi aussi à cette lettre qui ne m'était même pas adressée.

-Magnifique n'est-ce pas!

Sylvester tout sourire, me tendit un des feuillets sur lequel avait été collée la photo d'un berger allemand ou assimilé. Quelle déception, je trouvais malgré tout une réponse adaptée, puisant au plus profond de mes ressources, histoire de ne pas aggraver mon cas.

-Bel animal!

-N'est-ce pas!?

J'appréhendais définitivement la suite des évènements.

-Mais revenons-en à notre affaire. Donc le soir du meurtre, vous étiez chez vous…

-Non, figurez-vous que je me suis complètement mélangé dans les dates, et d'ailleurs c'est peut-être mieux comme ça. Je veux dire, ça vous permettra de vérifier. Ce soir là j'étais chez une amie.

-Vous voulez parler de mademoiselle Lincoln? Il faut dire que Lincoln, ça en impose.

-Oui, c'est bien elle, vous la connaissez?

-Depuis peu à vrai dire, elle est passée ce matin, charmante. Vous lui aviez donné rendez-vous, c'est ça?

-Exactement!

A quel jeu pouvait bien jouer ce sadique de Marouani, pourquoi faisait-il durer le mystère, Suzy avait confirmé mon alibi, l'affaire était réglée, je pouvais partir. A lui de mener son enquête maintenant.

-Comme vous n'étiez pas là, je me suis permis de prendre sa déposition.

-Alors vous voyez bien que je ne pouvais pas être chez Benjamin Clark ce soir là!

-Pas du tout figurez-vous, mademoiselle Lincoln, vraiment quelqu'un de très charmant sous tout rapport, si vous me permettez, confirme de façon catégorique qu'elle n'a pas passé la soirée avec vous ce jour là.

-Vous plaisantez!?

-Absolument pas.

-Attendez, elle se trompe, rappelez-la, elle a dû faire une confusion dans les dates, c'est tout à fait possible. J'en suis l'exemple vivant.

-Pas si sûr.

-Que voulez vous dire par là?

-Que mademoiselle Lincoln affirme ne vous avoir jamais reçu chez elle, ni le soir du meurtre, ni un autre jour.

-Mais elle ment, je vous dis, vous n'allez pas la croire sur parole? Il faut vérifier.

-Ne vous inquiétez pas, ça c'est mon boulot. Mais c'est tout de même étonnant, pourquoi mentirait-elle? Dans quel but?

C'est vrai pourquoi Suzy mentirait-elle? Je n'étais pas allé souvent chez elle, mais j'étais sûr d'avoir franchi la porte de son appartement ce soir là. Il suffisait de vérifier. Oui vérifier, mais comment? Personne ne m'avait jamais vu rentrer chez elle, avec sa manie de la discrétion absolue, mes entrées façon commando de marines, ne laissaient que peu de possibilités à la découverte d'un témoin qui me soit favorable. Ça y est j'avais à nouveau des sueurs.

-Ne vous inquiétez pas, il est possible que mademoiselle Lincoln se soit trompée, nous allons vérifier. Ceci étant dit-il y a quelque chose de plus inquiétant voyez-vous.

Ma situation pouvait-elle empirer? La seule personne qui pouvait prouver mon innocence déclarait ne m'avoir jamais vu ou presque, comment aurait-elle pu se tromper? Il était clair que Suzy ne voulait pas dévoiler ma présence chez elle, pourquoi? Il fallait que je lui parle, elle ne devait pas mesurer la gravité de la situation. Quelles que soient ses raisons, elle devait revenir sur ses déclarations.

Sylvester avait marqué une longue pause, puis sans me quitter du regard il ouvrit un tiroir de son bureau et en sorti une pochette transparente.

-Vous reconnaissez ceci?

Protégé par le plastique, je découvrais un papier qui avait dû être froissé, puis soigneusement déplié et placé à l'abri dans cet étui translucide.

-Mais oui, j'avais laissé un mot à Ben la dernière fois que je suis passé chez lui, et puis finalement je l'ai jeté à la poubelle, c'est pour ça qu'il est froissé d'ailleurs.

-Mais où l'avez-vous jeté?

-Et bien à la poubelle, et c'est très certainement là que vous l'avez trouvé non?

-Oui, mais quelle poubelle monsieur Kent?

Le « monsieur Kent » m'avait fait sursauter, je sentais bien que Marouani changeait de ton, quelque chose n'allait pas, mais je ne voyais pas quoi. Ce mot n'avait rien d'inquiétant, il prouvait simplement que j'étais bien passé chez Ben, ce que je n'avais jamais nié.

-Et bien la poubelle du hall, juste à l'entrée de l'immeuble.

-Vous en êtes sûr?

Que pouvais-je bien répondre? Evidemment j'en étais sûr. Ce Marouani m'énervait, à vrai dire il ne me faisait plus vraiment peur, et finalement il m'agaçait c'est ça: j'en avais marre.

-Oui j'en suis certain!

-Alors expliquez moi ce que faisait ce morceau de papier dans la poubelle de Ben Clark, le vrai, bien entendu, celui qui est mort et que vous n'avez jamais vu selon vos propres termes?

-Vous mentez, vous voulez me faire craquer c'est ça? Vous voulez que j'avoue ce meurtre, ça vous ferait plaisir n'est ce pas? Vous voulez vous faire Harry Kent, c'est bien ça que vous voulez? Et bien accrochez-vous, parce que Harry Kent est innocent, vous m'entendez, innocent, et il va vous le mettre bien profond…

Je me suis laissé emporter, je dois l'avouer, mais ça n'a pas duré, les hommes de Sylvester m'ont ceinturé et m'ont évacué illico presto. Il faut dire que j'avais saisi leur boss par la cravate, ce qui n'était pas très correct. Enfin je devais me rendre à l'évidence, j'avais un besoin urgent d'avocat.

Dans sa grande clémence, Sylvester m'avait donné la possibilité de passer deux coups de fil. Je commençais par appeler John mon éditeur.

-Salut Harry! Où t'es-tu planqué? Impossible de te joindre ces derniers temps. Pourtant je n'ai que des bonnes nouvelles....

-Tu es bien le seul alors...

-C'est un véritable raz-de-marée Harry, ça part comme des petits pains. Tu te planques des journalistes, c'est ça?

-En quelque sorte...

-Bon, qu'est-ce que tu veux?

-Si tu pouvais me conseiller un avocat, je crois que je vais en avoir besoin.

John ne semblait pas très inquiet, au contraire, les lecteurs allaient adorer, l'écrivain soupçonné de meurtre parce qu'il a écrit un livre où un écrivain est soupçonné de meurtre, bref, c'est complètement fou cette histoire, a-t-il fini par conclure. Oui, sauf que l'écrivain c'est moi, que je suis un suspect idéal et que j'y suis jusqu'au cou.

En tout cas, j'avais un avocat, le meilleur, il allait me sortir de là sans problème, du travail garanti.

-Allô! Monsieur Kurch?

-Ouais!

-Heu, je vous appelle de la part de John Kazan...

-Ah! Oui, Kazan, tiens, comment va-t-il ce vieux Kaz? Depuis le temps, il doit être vieux maintenant. Aurait-il enfin des problèmes? Que je travaille un peu quoi!

-En fait c'est plutôt moi qui ai des problèmes...

-Ah! Voilà qui est intéressant.

-Si on peut dire. Je m'appelle Harry Kent et….

-Les flics vous sont tombés dessus.

- Comment le savez-vous?

-Il suffit de lire votre bouquin, puis les journaux, pas besoin d'être astrologue. Alors vous l'avez vraiment connu ce fameux Clark?

-Mais non justement…

-Alors chapeau, vous êtes un véritable sorcier vous.

-Vous ne me croyez pas c'est ça?

-Là n'est pas le problème mon cher Harry.

-Si vous le dites…

Drôle de type ce Kurch, je languissais de voir sa tête, rien qu'à l'entendre comme ça au téléphone, il ne faisait pas vraiment avocat, mais John m'avait dit que c'était le meilleur.

* * * * *

Quatorze heures, Laurence sentait monter une certaine tension, et plusieurs indicateurs venaient confirmer cet état de trac. Accélération du rythme cardiaque, augmentation de la température générale du corps, sudation excessive des parties extrêmes, en particulier les mains et le front. Bref un état général de stress provoqué sans doute aucun par l'arrivée imminente de l'écrivain. Pourquoi une telle panique? Cela semblait plutôt disproportionné, et cela devenait donc d'autant plus inquiétant. Car la question n'était pas: pourquoi je panique? Ce à quoi on pouvait répondre: rencontrer Karle, ce n'est pas rien tout de même! Non la question devenait pourquoi je panique autant? Rencontrer karle, certes ce n'est pas rien, mais il ne faut pas exagérer. D'où une inquiétude supplémentaire et une transpiration, disons le, excessive.

Ce n'est donc pas étonnant si l'arrivée de l'homme de plume fut une véritable libération, mais une libération dans la douleur. Tout d'abord la scène se déroula au ralenti, les voix des tables voisines se déformèrent sous l'effet du manque de vitesse, comme une bande magnétique réglée sur la mauvaise position. Puis dans un contre jour digne d'une carte postale suggérant les atouts d'une baigneuse sur une plage de la cote d'Azur un jour de juillet, il apparut. Irréel, coiffé d'un chapeau mou, les yeux plissés sous la luminosité, sortant d'un geste lentement décomposé, une paire de lunettes de soleil de sa poche intérieure, il articula dans un gigantesque sourire ce qui devait très certainement être une interrogation, style: comment allez-vous? Ou une exclamation du genre: quelle chaleur! Enfin c'est ce que pensa Laurence, car elle n'entendit qu'un borborygme informe, dû au ralenti dans lequel se déroulait la scène.

Une certitude, il n'avait pas dit: mon amour! Ou encore: je vous aime! La situation ne le permettait pas, bien que la scène (elle sous le soleil dans sa robe à fleur moulante, et lui sous son chapeau laissant échapper une épaisse toison aux reflets grisonnants), s'y prêta tout particulièrement. D'autant plus qu'il avait enfin posé sur son nez une superbe paire de Ray Ban, dont l'élégance ne faisait qu'accentuer son charme de quadra bon vivant.

Elle vida son Perrier citron, tenta de lancer des sons en articulant nettement: Ah! vous êtes venu! Mais rien ne sorti, trop chaud, le cœur trop rapide, il fallait se calmer, c'était impératif, vital, retrouver ses esprits, ne rien laisser paraître. Se dire des banalités style: tout à l'heure j'irai chercher Sophie à l'école, on ira à la FNAC acheter une BD, et je lui prendrai son CD, celui qu'elle me demande depuis deux mois, tant pis elle pourra le passer sur la chaîne, mais pas tous les jours. Fermer les yeux, laisser revenir les sons.
-Vous reprenez la même chose?

Laurence acquiesça, il était là. Occupant tout l'espace, l'air satisfait, jovial même. Comme quelqu'un qui vient d'avoir une bonne nouvelle. Avait-il gagné au tiercé?
-Vous avez gagné au tiercé?
-Pas encore, mais d'ici une petite heure, je vous offre le Champagne, avec ce que j'ai misé dans la cinquième…

Indiscutablement, il s'agissait d'un turfiste passionné.
-C'est marrant cette passion pour les courses de chevaux, ça ne transparaît pas dans votre bouquin.

-Surtout pas, ça c'est mon dada, si je puis dire.

Et il se mit à rire satisfait de lui.

-Alors vous voulez m'offrir en pâture à vos élèves?

-Ils ne mordent pas vous savez. Tout au plus ils posent des questions.

-Ah! Et quel genre de questions? Vous, dans les arts plastiques, c'est ça?

-C'est ça! Enfin, pour ce qui nous concerne, il s'agit surtout des images.

-Et quel rapport entre mon livre et les images?

-Et bien disons que j'utilise souvent des supports littéraires pour travailler sur l'évocation de l'image et... tenez, j'ai amené quelques travaux de mes élèves sur un extrait de votre livre.

Laurence sortit quelques esquisses, qu'elle déposa sur la table. Maurice remonta ses lunettes sur son front et passa les dessins un par un, puis reprit la pile de feuillets et s'arrêta sur l'une d'elles.

-C'est pas mal ça!

-Je pensais que ça vous intéresserait.

-Très différent des autres, c'est le seul qui soit optimiste, ne trouvez-vous pas? Comme une sorte de confusion, d'où émergerait la lumière. Comment dire, c'est étrange.

-Oui, c'est un élève étrange aussi. Mais dans l'ensemble, que ressentez-vous?

-Le doute, vos étudiants expriment le doute.

-Vous en êtes sûr?

-Heu?!

-Je plaisante, c'est tout à fait ça, le doute.

-Je suis bon élève alors!

-Excellent! Par contre je pense que les miens d'élèves, ont été influencés par les médias, vous savez cette histoire avec le flic assassiné, et cette étrange similitude avec votre roman.

-Ah! Non! Pas vous! J'ai déjà les flics sur le dos avec cette histoire. Il n'y a que mon éditeur que ça amuse, je dirais même, que ça l'enchante, toutes les librairies sont en rupture de stock.

-Vous n'allez pas me dire que ça vous attriste non plus.

-Non, le pire pour le moment, c'est encore les flics...

-Surtout le grand baraqué, avec une grosse voix, qui n'arrête pas de poser des questions en plus, il est pire que ses filles.

-Vous le connaissez?

-Assez, oui, c'est mon mari!

-Vous êtes mariée?

Laurence fut surprise de cette réaction, et même flattée. Le premier choc passé, Karle réaliserait bientôt que le plus choquant n'était pas que Laurence soit mariée, mais plutôt qu'elle soit la femme de Columbo. Inévitablement il prendrait une mine déconfite, laisserait retomber ses lunettes sur son nez, et lancerait une exclamation interrogative du style: Quoi?!

-Quoi?!

Les lunettes retombèrent sur le nez comme prévu, puis l'écrivain marqua un temps d'arrêt, avant de se redresser, avec une extrême lenteur, montant sur le même rythme ses bras au ciel, il articula quelque chose du style « A demain! », comme une voix caverneuse sortant d'une boîte à conserve. La scène se poursuivit à la même vitesse ultra réduite, jusqu'à ce que le chapeau disparaisse parmi les passants des rues piétonnes.

Laurence commanda un nouveau Perrier. Encore trop chaud, encore le cœur qui s'emballe, encore ces images au ralenti. Elle n'osa pas s'avouer ses sentiments trop coupables pour ce cher Karle, elle mit ça sur le compte de la fatigue, surmenage, hyper activité, les vacances remettraient de l'ordre dans tout ça. Le flux régulier des passants fut d'un effet apaisant, la jeune femme se cala dans son fauteuil, alluma une cigarette, et prit le parti de se laisser aller, de déguster quelques instants d'insouciance.

Son regard posé comme une caméra fixe, laissait défiler les images des flâneurs, des gens pressés, des inquiets, des contents, des jeunes, des vieux... les jeunes provoquèrent une rupture dans le défilement, les pupilles se déplacèrent sur le côté, la tête amorça un lent quart de tour à la recherche de ces deux adolescents qui venaient de passer main dans la main. Il n'y avait aucun doute possible, l'un des adolescents était une adolescente, ce qui en soit n'a rien de vraiment étonnant, mais lorsqu'elle s'appelle Delphine et qu'elle est supposée être au lycée, ça change tout.

Laurence se leva d'un seul trait, jeta un sort à son Perrier, et s'élança d'un pas décidé vers le couple clandestin. Elle s'en approcha rapidement, puis se laissa porter par le rythme lent et nonchalant des deux jeunes gens. Il n'y avait qu'un seul geste à faire, quelque chose de simple, de facile, tendre le bras, une tape sur l'épaule... mais sa main se crispa dans sa poche et n'en sorti pas. Le geste était simple certes, mais terrible. Elle imaginait la tête déconfite des deux amoureux, surpris, vaincus, démunis. Trop douloureux, impossible d'infliger ça à sa propre fille.

Alors? Laisser faire? Tourner dans la première rue et s'acheter des boucles d'oreilles, elle en avait repérées justement une paire dans cette petite boutique à deux pas d'ici. Elle les avait bien montrées incidemment à Philippe, comme ça en passant, style : « Tiens, tu as vu, c'est mignon non? » Mais il avait certainement oublié. Pas de risque, elle pouvait se faire plaisir.

Et si elle les suivait, juste comme ça, seulement par curiosité, pas par indiscrétion, pour avoir un secret, un secret inutile, quelque chose qui ne soit connu de personne, jamais. La boutique était là, à gauche, elle fit un pas de côté, les boucles étaient suspendues sur un présentoir. Va pour l'achat thérapeutique, oublier Karle, Delphine et tout le reste, penser à soi, un peu d'égoïsme ne dérangerait personne et lui ferait le plus grand bien.

Petite surface rectangulaire, le magasin se limitait à quelques mètres carrés dans lesquels on avait disposé sur des étagères en verre, colliers, bracelets, broches, boucles, foulards, et suspendue dans un angle, une vieille cage en bois remplie de perles multicolores. Une jeune femme était assise à une table tenant lieu de comptoir, elle se leva tout en plaçant un marque-page dans son livre qu'elle déposa devant elle.

-Vous connaissez? Dit-elle en désignant le bouquin.

-Oui, oui, je suis en train de le lire…

-Fascinant, non? Et vous avez vu la presse?

La jeune femme joignit le geste à la parole, tendant le journal à sa cliente. En gros titre: « Maurice Karle, écrivain maudit? Lorsque la fiction rejoint la tragique réalité! »

-Vous pensez qu'il l'a tué?

-Difficile à dire, mais je n'ai pas encore fini…

-Non, mais pas dans le livre, en réalité, vous croyez que Karle a tué le flic?

-Et vous?

-Et bien c'est troublant tout de même, d'après le journal, il y a vraiment de drôles de coïncidences. Mais bon…

-Dites-moi, je voudrais des boucles…

Laurence fit un quart de tour, en direction de la vitrine, Delphine était là dans la rue, souriante, riante, insouciante, le visage de son petit ami, quelque peu boutonneux, collé à sa joue, ils regardaient (sans les voir) les bijoux exposés derrière la vitrine. D'ailleurs, ils ne voyaient rien, ni les bagues, ni les bracelets, ni Laurence, ni même personne. Ils continuèrent leur chemin, collés l'un contre l'autre, rire complice, baiser malhabile, démarche pachydermique d'adolescent indolent.

Delphine devenait un vrai sujet d'interrogation pour sa mère. Comment regarder la guerre des étoiles, se chamailler avec sa sœur de sept ans, et se transformer en jeune fille tout à la fois? Pour la Guerre des étoiles, elle avait sa petite idée, le fiancé devait être amateur de science fiction. Pour la petite sœur, il faudrait être encore un peu patient.

Une sonnerie de téléphone, la vendeuse décrocha. Un silence, puis son sourire se figea et s'inversa, très rapidement tout son visage se décomposa, la panique fit son apparition dans ses yeux, elle lança juste : « j'arrive! » et enfila son manteau.

-Vous pouvez me garder le magasin, c'est mon fils, il faut que j'y aille.

Laurence n'eut pas le temps de répondre, elle était seule dans la boutique, un instant elle regarda à l'extérieur, le flux des passants n'avait pas été affecté, la vie poursuivait son cours comme si de rien n'était. Et bien il ne restait plus qu'à attendre, alors autant se mettre à l'aise, et s'asseoir. Le livre de Maurice Karle était resté là sur la table, le marque-page dépassant de la partie supérieure. L'envie de lire fut la plus forte.

* * * * *

En fait Steven Kurch était un grand noir baraqué, disons plutôt qu'il était gros, il avait un bouc noir bien fourni, des cheveux noirs crépus, un gros attaché case noir, des grosses lunettes noires avec des verres bien épais. Enfin, rien dans la finesse hormis ses mains curieusement fines, minces et délicates, et noires aussi. C'était étonnant comme il semblait y prêter beaucoup d'attention, les ongles étaient impeccablement coupés, il devait très certainement les pommader avec une crème hydratante, on aurait dit de la peau de bébé. Elles ponctuaient délicatement toutes ses paroles, volant comme un couple de perruches, sans jamais se rencontrer.

Il ne ressemblait vraiment pas à un avocat, je l'aurais plutôt vu dans un camion de pizzas, suant devant ses fourneaux. Ou encore dans une brasserie, chef-cuisinier, le roi de la choucroute. Nul n'est parfait. D'ailleurs à bien y réfléchir, Marouani n'avait pas vraiment une tête de flic. Moi-même je n'avais rien d'un écrivain. Et comme moi, la plupart des tueurs n'ont pas des têtes de tueurs, ce qui ne plaidait pas en ma faveur.

Et puis il souriait tout le temps, c'était agréable d'un certain côté, mais ça ne faisait pas très sérieux tout de même. Néanmoins, je préférais ça, de toute façon ce type n'avait vraiment pas le physique de l'emploi, mais si en plus il faisait la gueule… j'en prenais mon parti. Et du coup je retrouvais le moral, d'autant plus qu'à l'entendre, mon cas n'était pas désespéré. Enfin, tout est relatif, car il usait et abusait des contradictions, déformation professionnelle, me suis-je dit. C'était plutôt bon signe finalement.

En tout cas il m'avait amené de la lecture, un tas de coupures de journaux relatives à mon affaire, une bonne chose d'après lui, parce que le public semblait bien réagir, les gens s'arrachaient le roman, ce qui prouvait qu'ils préféraient la fiction à la réalité, et n'accordaient pas une grande importance à ma mise en accusation, simple prolongement d'une histoire tout droit sortie de mon imagination. Nous eûmes à ce propos un léger désaccord, en effet, j'arguais qu'il s'agissait tout simplement de curiosité, et malsaine de surcroît, les gens ne m'aimaient pas plus pour autant, l'évènement les poussaient vers ça, ils subissent c'est tout.

-Pas du tout, et en tout cas, moins qu'on ne l'imagine...

Je me laissais convaincre par des arguments tout à mon honneur, mon défenseur insistant sur le fait que mon affaire était avant tout littéraire. Poésie et belles lettres allaient relever le niveau, j'allais dominer les débats, en tant qu'artiste j'étais naturellement investi d'une sorte de grâce divine, comme une couche protectrice, inaltérable, inattaquable. Mieux encore, j'allais ressortir grandi, seul vainqueur des forces bassement pragmatiques d'un monde où l'imagination n'a plus sa place. J'étais un créatif et à ce titre, rien ne pouvait m'atteindre.

Pour être honnête je n'y croyais pas vraiment, et je trouvais même l'argumentaire un peu compliqué, pour ne pas dire abscons. Je m'abstenais d'en faire la remarque sachant d'avance ce qu'allait me répondre mon ange gardien. « Justement! » s'écrirait-il avec son air jovial et enjoué. Car je commençais à comprendre comment fonctionnait mon défenseur. Tout argument a son opposé, il suffit de se familiariser avec ce jeu de miroir, et les avantages deviennent des inconvénients et vice-versa. Ainsi, un exposé compliqué est un inconvénient, donc c'est un avantage, justement parce qu'il est compliqué. Un peu simpliste certes, mais si agréable.

Et puis, je voyais bien ce cher Kurch dans le rôle de l'archange salvateur, suspendu dans le vide avec de grandes ailes blanches, enveloppé d'un drapé aux reflets saumon, laissant dépasser ses jambes poilues d'un côté et son gros ventre velu de l'autre. Et bien je ne l'aurais pas échangé contre un autre plus maigre et moins pubescent. Ce côté Cro-Magnon avait son charme, et je m'y laissais prendre d'autant plus facilement qu'il avait obtenu avec une étonnante facilité ma liberté provisoire.

J'avais proposé immédiatement d'aller ensemble chez cette chère Suzy, juste histoire de lui rappeler mon état civil.

-Il faut garder votre calme mon cher Harry, il y a plus urgent pour l'instant.

-Il y a urgence en effet…

Finalement nous sommes allés directement chez Ben, enfin le mien, le seul Ben que je connaisse d'ailleurs. Maître Kurch me laissa sortir de l'ascenseur en premier. Ce n'est pas que le qualificatif de maître me convienne vraiment, je serais plutôt du style ni dieu, ni maître…etc. mais ça collait si peu au bonhomme, que l'expression en devenait sympathique un peu comme un surnom.

J'avançais dans le couloir, et j'entrais d'un pas décidé dans l'ascenseur. Je me retournais, le Maître n'avait pas bougé, planté au milieu du long couloir, grosse masse sphérique posée sur deux poteaux, avec son attaché case ridicule, parfaitement immobile.

-Vous venez?

-J'arrive! Quel numéro déjà?

-Deux cents quatre vingt deux.

Parvenu à mon niveau, Steven Kurch prit de la vitesse et me dépassa. Son pas était rythmé à la manière d'une autruche, à la fois lourd et léger, un éléphant croisé avec un héron. Il me distança d'une bonne vingtaine de mètres, s'appuya sur une porte, main à plat, bras tendu et s'immobilisa.

-C'est ici?

-C'est ça, le deux cents quatre vingt deux.

-Allez-y!

Je sonnais une première fois, une seconde, puis une troisième, il n'y avait visiblement personne. Nous étions venus pour rien, je tapais sur la porte convaincu que la jeune femme qui habitait là m'avait vu par le judas, et ne voulait pas se risquer à ouvrir de nouveau à un fou.

-Inutile de vous acharner jeune homme, ça fait belle lurette que cet appartement est vide.

Une dame d'un certain âge avait ouvert la porte qui se trouvait juste derrière moi. Elle avait un côté vieille dame anglaise, avec son chapeau vert, ses lunettes à écaille, ses bijoux en surnombre, et son maquillage abondant.

-Excusez-nous madame, mais…

Elle ne me laissa pas le temps de finir et se dirigea vers l'autre extrémité du couloir.

-Au revoir messieurs.

Je fis un pas vers elle, mais elle avait déjà tourné les talons, je lançais un « Madame! », pas de réponse.

-Un peu dure de la feuille mamie! Marmonna l'ange gardien

Maître Kurch, impassible, sourire satisfait, savourait son petit effet.

-Comme vous dites, un peu dure de la feuille. Mais moi je vous dis que c'est pas possible, elle se trompe la mamie, il y a quelqu'un qui habite ici. Ou alors mon cas relève du traitement psychiatrique…

-Gardez votre calme Harry…

-Mais je suis calme nom de Dieu, je suis très calme. Il faut interroger cette femme je vous dis qu'elle se trompe….

-Non!

-Comment ça, non?

-Elle a raison, il n'y a personne ici, cet appartement est vide depuis bientôt un an.

-Ha! Et comment le savez-vous?

-Je le sais, c'est tout!

-Appartement deux cents quatre vingt deux, je m'en souviens très bien…

Il y avait parfois comme une sorte de certitude agaçante chez mon ange gardien, par moments je dois dire qu'il était un peu cabot. Même si physiquement il n'y ressemblait pas du tout, il me faisait penser à Hercule Poirot, ce bonhomme un peu ridicule, arrogant et prétentieux de surcroît. Comme lui, il ménageait ses effets, alors ses yeux se plissaient, il déglutissait lentement, bombait légèrement le torse et lâchait tout doucement l'argument qui tue, enrobé de sucre et de miel, juste pour que ça face plus mal.

-Mais ce n'est pas le deux cents quatre vingt deux.

D'un geste auguste il décolla le numéro de la porte et le deux cents quatre vingt apparu dans toute sa splendeur.

-Très drôle!

-Je pense que drôle, n'est pas le terme le plus adapté, je dirais que c'est plutôt intéressant. Vous avez vu que je suis passé devant vous tout à l'heure…

-Vous vous êtes même appuyé sur la porte, et c'est à ce moment là je suppose, que vous avez collé votre deux cents quatre vingt.

-Exactement! Alors réfléchissez bien, lorsque vous veniez ici, vous étiez toujours accompagné par Ben?

-Non, je passais aussi tout seul, généralement les jeudis soir.

-Mais là il vous attendait sur le pas de la porte, n'est-ce pas?

-Et bien je crois, oui… Attendez vous voulez dire que c'était ici…

-C'est une solution en tout cas.

-Donc ça voudrait dire que…

-En quelque sorte…

En quelque sorte oui, c'est tout à fait ça, en quelque sorte j'étais victime d'une machination, un coup monté, il n'y avait jamais eu de Ben Clark ici, ce type n'avait jamais été flic, et moi j'étais une sacrée bonne poire dans cette histoire. Mon visage a dû se transformer, l'agressivité a dû se matérialiser dans mes yeux, dans ma bouche, dans la tension générale que je sentais monter en moi, car j'ai vu très nettement l'inquiétude sur le visage de mon archange, il a même entre-ouvert la bouche, mais je ne lui ai pas laissé le temps d'en faire plus.

-Arrêtez de me dire de rester calme, je ne suis pas calme, parce que j'ai pas envie d'être calme, et j'emmerde Marouani, toute la police de New York, les juges, et les jurés et mon éditeur, j'emmerde tout le monde vous m'entendez. Et puis vous, bougez-vous le cul pour me sortir de là ! Bordel de merde!

Là, j'ai tourné les talons et ni une ni deux je suis reparti direction l'ascenseur. Comme dans les films, j'ai laissé la grosse boule de bowling sur pattes au milieu du couloir, et je suis sorti. Dehors il faisait frais, ça m'a fait du bien. Je n'en revenais pas, se faire blouser comme ça, c'était insupportable. Etre suspect, soit, ça peut arriver à tout le monde ou presque, mais se faire rouler comme ça, comme un véritable bleu, ça peut paraître idiot, mais ma fierté en a pris un coup, je voyais déjà les titres des journaux : « Le grand Harry Kent victime d'une machination sans précédent dans l'histoire de l'édition », « Le maître du roman policier se fait rouler dans la farine. » ... Plutôt être coupable oui, c'était bien plus gratifiant.

-Mon hypothèse est donc la suivante : vous veniez voir Ben au « Deux-cent-quatre-vingts », pensant aller au « Deux-cent-quatre-vingt-deux ». Et la dernière fois avec Marouani, vous avez déboulé au véritable « Deux-cent-quatre-vingt-deux », chez cette jeune femme qui ne vous avez jamais vu. Pas même dans les journaux d'ailleurs.

L'avocat m'avait rejoint, avec son petit sourire compatissant au milieu de la figure.

-Je saisis très bien votre hypothèse, mais ce n'est qu'une hypothèse et inutile de vous dire qu'elle ne me plaît pas du tout, si vous voyez ce que je veux dire.

-Je vois parfaitement, mais laissez de côté votre fierté, dans notre affaire, votre innocence est plus importante que les états d'âme de votre ego, si vous me permettez.

La voix de la raison, que pouvais-je bien ajouter? Il ne restait plus qu'à expliquer tout ça à Marouani.

-Nous allons voir Marouani, mais il faudra être persuasif, nous avons bien peu d'éléments, seulement des suppositions.

-Vous avez raison, nous verrons plus tard.

-Ce n'est pas exactement ce que je voulais dire. Par contre nous pourrions passer chez cette chère Suzy, qu'en pensez-vous?

-Est-ce vraiment indispensable?

Finalement, il n'y avait personne chez Suzy, et je trouvais que ce n'était pas plus mal comme ça. Qu'est ce qu'on se serait dit de toute façon? Bien sûr ses voisins ne m'avaient jamais vu, mais en plus, ils n'avaient pas vu la jeune dame comme ils disaient, depuis une semaine environ. Je comptais sur Maître Kurch, pour résoudre ce mystère. Mais maintenant il fallait se préparer pour une rencontre au sommet avec Marouani.

J'étais de plus en plus confiant, le sourire délicat et la douceur constante de mon ange gardien m'avaient remonté le moral. Et puis j'étais de plus en plus persuadé de mon innocence, ce dont j'avais douté quelques temps auparavant. Et Marouani ne m'impressionnait plus, il était tombé comme tombent les stars et les psychanalystes. Je n'ai jamais fait de psychanalyse, mais je suis certain qu'on finit par trouver que le type qui passe son temps à écouter votre vie écoute aussi celle des autres qui est beaucoup moins intéressante, c'est certain, ce qui ne plaide pas en sa faveur. En plus on découvre qu'on en sait forcément plus que lui, qu'on est donc bien meilleur, et j'en sais plus que Marouani, ce pauvre flic autoritaire, passionné de chien de garde et certainement d'autres conneries du même genre.

Conclusion, je me disais qu'après tout j'emmerdais Marouani, ce que je me gardais bien de confier à ce cher Kurch, qui m'aurait encore dit, en joignant ses deux mains légères par le bout de ses doigts fins et gracieux, « Il faut garder votre calme mon cher Harry ». Oui il avait fini par m'appeler Harry, ça ne me gênait pas d'ailleurs, peut-être pensait-il que j'allais l'appeler mon cher Steven. Et bien non, ce n'est pas que je ne voulais pas, mais ça m'était impossible. « Maître Kurch » était le seul patronyme qui sortait de ma bouche. Quelques réminiscences de bienséance remontant tout droit d'une enfance petit-bourgeois, aux relents de protestantisme puritain ou de l'auto persuasion bien légitime, vu l'animal dont on m'avait affublé. En tout cas, l'expression me rassurait. Lorsque je m'entendais dire, « Maître! » ça me redonnait le moral, je m'imaginais le gros Steven en tenue de cérémonie, et je trouvais que ça lui allait bien. Il faudrait voir ça en vrai, mais pour l'instant ça me convenait parfaitement.

Marouani n'était pas là, enfin, soi-disant. Je ne sais pas pourquoi, mais je flairais le bonhomme, à tous les coups il nous faisait attendre juste pour nous faire mariner, que je sente le doute monter insidieusement. Parce que là, à chaud, j'étais parfaitement disposé, mes arguments étaient immédiatement disponibles, prêts à surgir à la moindre occasion, il allait voir ce qu'il allait voir le Marouani, j'allais le désarçonner illico presto et basta! Il faudrait bien qu'il se rende à l'évidence, qu'il admette son erreur et son piètre talent d'enquêteur. Harry Kent n'est pas fini, et en plus il est hyper protégé, Maître Kurch est là…

Vingt minutes d'attente, je sentais mon influx se disperser autour de moi, pourtant je luttais de toutes mes forces. J'imaginais le bureau dans lequel il m'avait déjà reçu, cette pièce froide et vide qui m'avait surpris la première fois, tant le lieu dénotait avec l'idée que je me faisais du personnage. Ce coup-ci j'avais une longueur d'avance, je connaissais le lieu, le personnage, j'étais maître de la situation, j'étais porteur de nouveaux éléments, la partie était gagnée d'avance.

Je me représentais ce pauvre inspecteur, sympathique au premier abord, se dandiner sur sa chaise, confus, honteux, dépité, faisant amende honorable devant l'erreur incommensurable qu'il avait commise à mon égard. Je l'imaginais bien, les yeux baissés, se tordant les mains comme un gamin prit en flagrant délit de mensonge. Je me délectais d'avance, vengeance indécente mais si savoureuse, j'allais le piétiner, le rabaisser au plus bas de sa nullité, jusqu'à ce qu'il m'implore, ce pseudo policier, cet incompétent majeur, qu'il me baise les espaces interdigitaux des pieds, qu'il me supplie…

Mais voilà, j'allais trop loin et maintenant je me surprenais à le plaindre cet abruti, je voyais bien que c'était une erreur, mais c'était plus fort que moi. Je ne pouvais pas penser à autre chose, pourtant j'aurais dû. Il ne fallait penser à rien, mais c'était impossible, alors penser à autre chose, des futilités, dans le registre pluie et beau temps, occuper mon cerveau, faire diversion.

-Finalement, il aura fait beau aujourd'hui!

Kurch, qui était assis juste à côté de moi, releva la tête, me lança un regard dans lequel je décelais de la surprise, voir même de l'incrédulité. Son visage tout entier fit volte face en deux allers-retours successifs, à la recherche d'un interlocuteur potentiel auquel j'aurais pu adresser cette remarque, totalement hors sujet il est vrai. Non, il fallait bien se rendre à l'évidence, je ne connaissais personne d'autre ici et je ne suis pas accoutumé à parler avec n'importe qui, même de la pluie et du beau temps.

-Patientons encore dix minutes, d'accord? Vous pensez que ça ira?

Ce n'était pas du tout la réponse que j'attendais. Au lieu d'abonder dans mon sens, et de se contenter de me parler de pluie, de soleil, de verglas, de décalage des saisons, du fait qu'il n'y a même plus de saisons d'ailleurs, qu'avant on n'aurait jamais eu de telles températures à cette époque de l'année, qu'avec toutes leurs conneries ils allaient tout bousiller, et cætera... Non, voilà que mon avocat, cet homme en qui j'ai posé toute ma confiance, se met à faire du zèle et me plante un coup de couteau dans le dos, annihilant du même coup toute ma stratégie. Quelle poisse! J'insistais.

-Non, mais c'est vrai, ce matin on aurait vraiment dit qu'il allait faire un temps pourri, et finalement il fait un soleil magnifique...

-Je vous assure qu'il vaut mieux attendre encore un peu, juste dix minutes... Vous voulez un café?

Je me disais que mon sujet était mal choisi finalement. Lorsqu'on n'a rien à dire, c'est facile de parler de n'importe quoi, mais là, c'était comme demander à la veuve de son meilleur ami le jour de l'enterrement, si elle avait vu le prix des salades ce matin au marché, et comme c'est scandaleux et tout et tout. Forcément ça fait un flop.

Je disais oui pour le café, ça ferait passer le temps et de toute façon je dormirai mal cette nuit. Nous cherchions l'un et l'autre de quoi réunir les pièces nécessaires, la machine ne rendant pas la monnaie, comme c'était indiqué sur la feuille de papier scotchée juste à côté de la fente. Après de multiples fouilles, jusque dans les recoins les moins accessibles de nos poches, nous avions fini par réunir exactement l'équivalent de deux cafés et demi, une petite marge donc.

-Messieurs!

Inutile de me retourner, je connaissais parfaitement cette voix. Marouani! Pas de café donc, je m'en trouvais frustré, parce que j'avais fini par avoir envie d'en boire un maintenant. Et si on jouait les types au-dessus de tout, dans le style « pas d'urgence Monsieur, chaque chose en son temps. » Histoire de bien lui montrer que nous ne sommes pas à sa disposition après tout. Mais Steven remettait déjà les pièces dans sa poche, et Marouani sourire sympathique, main tendue en avant, tenant la porte grande ouverte de l'autre, nous invitait à rentrer dans son bureau. Impossible de lutter, j'emboîtais le pas de mon gorille et me résignais à reporter mes envies de café lyophilisé pour plus tard.

Le bureau était tel que je l'avais laissé la dernière fois, aussi froid, pas de changement notable pour l'œil non averti, mais moi j'avais vu la photo du berger allemand dans le cadre ringard sur le bureau, tourné de trois- quarts vers nous. Et puis le sourire niais de Marouani, et le silence qui s'était installé entre nous et qui devenait de moins en moins supportable. Et ce regard satisfait, non, il fallait faire quelque chose, je ne sais pas moi appeler la police, partir en courant, prendre la photo du clebs et la jeter par la fenêtre… Je n'eus pas le temps de mettre un de mes plans à exécution.

-Je dois vous avouer que je n'y croyais plus. Il faudra, à partir de maintenant, tenir compte d'un nouvel élément, bien que celui-ci ne puisse pas constituer une preuve, je crois que vous allez être soulagé.

C'est incroyable comme ce type, qui au premier abord m'avait paru si sympathique, était devenu si insupportable. Même pour m'annoncer une bonne nouvelle il fallait qu'il en rajoute, qu'il se gargarise, qu'il se pose en être supérieur, bien au-dessus des simples mortels qu'il avait en face de lui. Il attendait que je me rabaisse, en posant une question du style : « Ah! Bon! Lieutenant! Et de quoi s'agit-il? » Avec un air étonné bien sûr, enfin une de ces répliques intelligentes comme on en trouve dans toutes les séries policières dignes de ce nom. D'ailleurs j'en étais à me demander s'il ne se prenait pas pour Columbo, cet espèce de prétentieux.

- Ah! Bon! Lieutenant! Et de quoi s'agit-il?

Je me retournais brutalement vers mon avocat, qui, je dois le dire au passage serait un très mauvais comédien, ça ne fait aucun doute, je crois que même dans Starsky et Hutch il n'aurait pas pu dégoter un second rôle, alors dans Columbo je n'y pense même pas. Son air étonné n'était absolument pas crédible, il en faisait trop, il avait carrément l'air atterré, ce qui ne correspondait pas du tout à la situation. Je détournais discrètement mon regard vers Marouani qui fronçait un sourcil, signifiant par là sa perplexité face à une telle réaction. Je regardais à nouveau mon comédien « sous-doué », obstinément figé dans une expression qui tournait au film d'horreur. Voilà, c'est ça, il aurait pu jouer dans « Massacre à la tronçonneuse » ou « Scream », mais pas dans un policier, c'est sûr. Je restais sans voix, attendant désespérément que quelque chose se passe, jusqu'à ce que le regard en coin de mon partenaire, appuyé avec une insistance redoutable, me fasse comprendre que la prochaine réplique était pour moi. Je me pinçais pour ne pas éclater de rire, et je lançais :

-Oui! Lieutenant dites-nous! De quoi s'agit-il?

Je pense que je suis aussi doué que mon acolyte. Mais toujours est-il que le sourcil de Marouani reprit sa position normale, laissant de nouveau la place au sourire niais de rigueur. Il exultait!

-Vous savez que le portrait robot que nous avons réalisé à partir de vos instructions, ne correspond pas du tout à Benjamin Clark. Or ce portrait correspond malgré tout à quelqu'un dont nous avons retrouvé l'identité.

Je me demande si à ce moment là nous n'en avons pas fait un peu trop, Kurch et moi.

-Ah!

-Ah!

Avons-nous lancé de concert. Un peu excessif à mon goût, d'autant plus que nos progrès étaient pour ainsi dire imperceptibles, nous étions toujours aussi mauvais pour jouer l'air étonné. L'avocat était carrément dans un film de Dracula, la bouche ouverte, les yeux écarquillés, il était en train de se faire sucer le sang dans la scène finale, avant de se transformer en mort vivant à son tour. Marouani continua, imperturbable.

-Oui, messieurs, nous avons retrouvé l'identité de l'homme que vous appelez Ben. Bien sûr, comme je le disais, il ne peut s'agir là d'une preuve, vous avez pu parfaitement nous décrire ce portrait à partir de photos, mais c'est une première étape vers la vérité. Vous serez donc surpris d'apprendre qu'il s'agit d'un repris de justice.

Et pas n'importe lequel, puisque c'est Benjamin Clark qui l'a envoyé en prison.

Le lieutenant savourait son petit effet de surprise. Il attendait certainement une réaction de notre part, histoire de confirmer l'effet d'annonce dont-il était si fier. Je me pinçais pour ne pas dire « Quoi?! »

-Quoi?!

Le bouquet final, Maître Kurch se laissait aller au jeu, voilà qu'il se prenait pour Bruce Willis maintenant. Dans « Sixième sens » ou « Le cinquième élément », avec cette grimace caractéristique, quelque chose d'un peu forcé, mais adapté au contexte. A sa décharge, je dois préciser, que c'était sa meilleure réplique depuis le début. Un monosyllabe bien appuyé, intonation parfaitement dosée, peut-être le meilleur « Quoi?! », que je n'ai jamais entendu. Je ne pouvais plus me retenir, j'éclatais de rire.

-Excusez-moi, c'est nerveux…

En tout cas, j'avais maintenant une certitude, le Ben que je connaissais n'était pas celui qu'on avait vu dans les journaux, et donc je n'étais pas fou. Restait à convaincre Columbo que je n'avais effectivement rien à voir avec ce flic assassiné. Je ne sais pas pourquoi, mais je n'étais pas des plus optimiste pour la suite de mon affaire.

* * * * *

Le carillon de la porte du magasin fit sursauter Laurence. Le jeune homme s'arrêta tout net.

-Dominique!

-Madame Caras!…

-Justement je pensais à vous. Vous l'avez lu?

-Qui ne l'a pas lu?

-J'aimerais bien avoir votre opinion, vous mon étudiant le plus critique et le plus pénible, il faut bien le dire.

-Pénible… Je préfère critique…

-Notez bien que ce n'est pas incompatible, au contraire...

-Mais vous vous recyclez dans le commerce de détail?

-Une expérience intéressante, je vous assure, mais ponctuelle, disons que je rends service. Alors, vous l'avez lu?

-Pas terminé, vous voulez savoir ce que ça m'inspire? Ouais pas mal, et puis vu l'ampleur que ça prend avec l'affaire René Duchant, on ne peut pas faire les fines bouches. Moi j'ai un faible pour Marouani, je le vois bien en grand manipulateur. Et puis c'est un flic et les flics c'est plus fort que moi, ils me filent des boutons. Alors Marouani coupable ça m'irait bien. Et puis hormis le fait qu'il soit flic, il a vraiment l'air très con, vous ne trouvez pas?

-C'est sûr qu'avoir la photo de son Berger Allemand dans son bureau, ce n'est pas ce qu'on fait de mieux. Donc pour vous c'est Marouani. Curieux, je n'y avais pas pensé. Bien, qu'est-ce que vous voulez?

-Moi? Rien, enfin, si, heu…

-Alors, il faudrait savoir, vous êtes juste venu me voir? Remarquez, j'apprécie l'intention…

-Des boucles d'oreilles!

-Quoi?

-Oui, je voudrais acheter une paire de boucles d'oreilles.

-Bien sûr, vous me montrez le modèle s'il vous plaît?

Immédiatement, Laurence pensa, *Ha! Non pas celles là*. Après tout, elle était là avant lui, elle avait priorité pour cet achat. Et puis ce jeune coq, qu'est-ce qu'il pouvait bien y comprendre aux boucles d'oreilles. Certainement sa copine, si tant est qu'il en ait une, oui mais sinon à quoi bon les boucles? Elle avait dû lui en parler...

-Votre amie a bon goût.

-Ce n'est pas pour mon amie.

Pour qui alors? Pas pour lui tout de même? Sa mère? Laurence n'osa pas insister. Enfin elle pensa que pour la fête des mères l'intention était sympathique, mais elle aurait préféré se les offrir pour elle-même malgré tout. Avec un peu de chance il en resterait en stock.

-Merci pour votre aide, vraiment c'est gentil... Ça c'est bien passé ?

-Très bien, un client, un de mes élèves d'ailleurs, il a acheté la paire de boucles, celles qui étaient dans cette vitrine.

-Je ne sais pas comment vous remercier. Choisissez ce que vous voulez, c'est cadeau. J'espère que vous ne vouliez pas le même modèle que votre élève, c'était le dernier.

Laurence opta pour une broche, qu'elle ne mettrait jamais, mais qui ferait certainement plaisir à sa fille.

-Je vois que vous lisez le bouquin de Karle...

-Oui, j'adore cet écrivain, justement je viens de le croiser. Vous le connaissez? Charmant non?

-Oui, heu dites-moi, qu'est-ce que vous pensez de Marouani vous?

-L'inspecteur? Un peu bizarre, mais il faut se mettre à sa place, son enquête n'est pas facile, et puis il aime les chiens, ça peut pas être un mauvais type.

-Vous ne pensez pas qu'il aurait pu monter tout ça?

-Et pourquoi franchement?

-Pour l'argent évidemment.

Marouani coupable, c'était une bonne idée, il était bien placé pour monter une pareille machination, ce n'était pas idiot. Laurence ne pouvait s'empêcher de faire des liens avec la réalité, comme tout le monde d'ailleurs. Harry Kent et Maurice Karle, Benjamin Clark et René Duchant, c'était l'évidence. Et Marouani, l'enquêteur, il fallait bien qu'il corresponde à quelqu'un aussi, Philippe Caras !? Les paroles de son élève raisonnaient encore dans sa tête, « Je vois bien Marouani en grand manipulateur ». Un seul problème, Laurence ne pouvait absolument pas imaginer son mari en grand manipulateur. Mais finalement ne sommes nous pas les moins bien placés, lorsqu'il s'agit de juger des capacités manipulatrices de notre entourage le plus proche?

C'est bien connu, la principale qualité d'un manipulateur, c'est justement de ne pas montrer qu'il manipule. Les plus habiles sont indétectables, dans le pire des cas ils sont capables de faire porter les soupçons sur un autre, sur Maurice Karle par exemple. Tout en marchant dans les rues piétonnes, les yeux perdus loin devant, indifférente au flot permanent d'humains qu'elle traversait d'un pas nonchalant, Laurence imaginait son inspecteur de mari, échafaudant son plan machiavélique, orientant l'enquête, rajoutant des indices, faisant disparaître certaines pièces à conviction, bref, manipulant sans vergogne, grand inquisiteur au service d'une cause inconnue.

Car à quoi bon tous ces efforts? Par goût du risque? Aurait-il fait un pari avec ses collègues, un accord avec l'éditeur? L'écrivain? De quoi forcer l'admiration, si c'était effectivement le cas. Personne n'avait rien vu. Finalement, l'idée du flic manipulateur n'était pas si mauvaise, il y avait là quelque chose d'intéressant.

Même lorsqu'il est perdu, le regard se pose quelques fois sur un objet, même s'il ne s'agit pas d'un obstacle. Mais pas n'importe quel objet, une sorte de déclencheur, stimulus réponse, alors les pupilles se rétractent, et à l'étonnement succède une certaine tension. Prendre une décision, rapidement, immédiatement serait encore le mieux. On peut hésiter et être tenté de ne rien faire, retourner dans sa bulle, faire comme si on n'avait pas vu, mais qui le croira?

Lorsque Laurence a vu à nouveau sa fille, droit devant, et son copain bras sur les épaules, tous deux souriants, insouciants, ne voyant rien d'autre qu'eux-mêmes, emplis d'admiration réciproque et de frissons partagés, lorsqu'elle les a vus se rapprochant de plus en plus, elle a pensé un instant qu'elle pourrait peut-être ne rien faire. Mais elle n'en fit rien, la décision s'est imposée d'elle-même, sans explication, sans même un petit argument dont elle aurait pu dire plus tard qu'il avait fait pencher la balance. Sans la moindre hésitation, elle s'est accroupie derrière le panneau qui ventait des promotions pour les sous-vêtements féminins. Voilà, sauvée par les petites culottes. Il faut dire que dans ces moments là, on n'a pas matériellement le temps de choisir entre les slips, les chaussettes et les parfums.

L'enchaînement des circonstances n'est pas une chose aussi rare qu'on veut bien le croire. Eviter une rencontre qu'on appréhendait, et de plus in extremis, c'est déjà une belle réussite, alors remettre ça dans la foulée, c'est un véritable exploit. Car Laurence était condamnée au miracle, Philippe et Maurice Karle sortaient du bar juste en face. Autrement dit, si elle décidait de ne rien faire cette fois-ci, les deux messieurs verraient immanquablement le panneau sur lequel s'affichaient, avec une certaine majesté, les charmes féminins d'une jeune fille aux contours très suggestifs, et juste derrière, disgracieusement accroupie, la jeune femme prise en flagrant délit. Elle voyait déjà la scène, son mari lançant un peu gêné :

-Je vous présente ma femme…

Puis discrètement à son oreille, mais suffisamment fort pour que Karle puisse entendre :

-Tu joues à cache-cache chérie?

-Très drôle!

Laurence n'eut qu'une satisfaction, celle d'avoir une intuition remarquable de précision.

-Très drôle ! répéta-t-elle, avant d'ajouter, je n'ai jamais été bonne à cache-cache.

-Je te présente Maurice Karle.

Philippe avait lancé sa présentation, façon Monsieur Loyal, l'air enjoué, sourire satisfait, d'un ton puissant et appuyé, il ne manquait plus que le Tataaaa ! des trompettes et les roulements de tambour, Zim ! Boum !

La jeune femme sentait une énorme bouffée de chaleur l'envahir progressivement, mais très sûrement. Que faire ? Devait-elle montrer qu'elle connaissait déjà ce cher Maurice, au risque de réduire à néant les effets d'annonce de son petit mari ? Ou au contraire faire comme si de rien n'était, prendre un air de circonstance, façon quelle surprise?! Et qu'allait faire ce cher Maurice justement ? Il fallait aller vite !

-Nous nous sommes déjà rencontrés!

Le salaud de Maurice avait tiré le premier, et il avait choisi la vérité. Etonnant pour un écrivain, manque d'imagination. Philippe était déconfit, déçu, dépité, puis ce fut la surprise, sur son visage on pouvait lire, sans même qu'il ait ouvert la bouche, *tiens, vous vous connaissez ?*

-Nous nous sommes vus pour une intervention dans un de mes cours.

Laurence n'avait pas résisté, préférant couper court à toute question embarrassante, elle avait pris les devants dans une sorte d'action préventive.

Bon, ils avaient bien fait quelques pas ensemble, politesse oblige, et puis Karle avait été plutôt agréable finalement, demandant à Laurence d'apporter des précisions sur ses cours, ses étudiants, bref une discussion polie entre gens bien élevés, événement somme toute banal. C'était plutôt rassurant, rester sur un échange banal éviterait certainement les complications.

Et puis cette idée étrange fit à nouveau son entrée sous le crâne de la jeune femme, si le flic et l'écrivain étaient de mèche? Ça faisait déjà plusieurs fois qu'ils se rencontraient, ils auraient très bien pu monter cette histoire de toute pièce. Possible, mais pourquoi son mari ne l'avait-il pas mise au courant? Non pas que l'on soit obligé de tout partager dans un couple, mais ne pas être dans le coup, c'est un peu frustrant. Qu'avait-elle? Ou plutôt que n'avait-elle pas, pour être mise à l'écart? Pas fiable? Pas à la hauteur? Elle imaginait les deux hommes en conciliabule.

-Trop risqué Philippe, moins il y a de personnes dans le coup, et moins il y aura de risques.

-Quels risques? Il n'y a aucun risque, c'est toi-même qui l'as dit.

-On n'est jamais trop prudent….

-Quel aventurier! Moi qui croyais que les écrivains c'étaient un peu comme des artistes, des gens farfelus, avec une certaine dose d'inconscience…

-Tu l'as dit une certaine dose, ta femme ça dépasse la dose, je ne la connais pas et je ne veux pas la connaître d'ailleurs. Puis le problème n'est pas là, c'est une question de bon sens.

-Parlons-en du bon sens, c'est facile pour toi, rien à cacher à personne, tu es seul, mais moi, tu vois le topo, mentir, faire attention…

-D'accord, je comprends, monsieur craint pour son petit confort, il a peur d'être surpris en flagrant d'élit de mensonge, quel aventurier!

Non, quelque chose n'allait pas, ça faisait discussion de vieux couple se disputant l'exclusivité du choix de la peinture pour le salon. Tout en se dirigeant vers l'école où elle devait récupérer la petite, Laurence laissa à nouveau son imagination mettre en scène son éviction du groupe des comploteurs.

-Et pour Laurence, qu'est-ce que tu comptes faire?

-T'en fais pas Momo, elle ne sera au courant de rien…

-OK je préfère ça, c'est une femme… Ta femme, sauf ton respect, mais bon les femmes tu sais aussi bien que moi, il faut se méfier.

-Pas de blème mon gars, ça sera une affaire entre toi et moi, un point c'est tout.

Tout bien réfléchi, ça clochait aussi, ce n'était pas pareil, mais c'était bizarre. Peut-être un peu trop viril, un peu trop caïd. Quoiqu'il en soit, tout ceci n'était qu'une question de forme après tout, elle avait bel et bien été éjectée, mise de côté, écartée des confidences, des affaires sérieuses. Il restait malgré tout une question, les deux hommes étaient-ils vraiment complices?

* * * * *

-Le seul problème, c'est qu'il est en prison depuis huit ans et qu'il n'est pas près d'en sortir. Tenez, voilà sa photo. Tom Liderman, ça vous dit quelque chose ?

Ça c'était le deuxième effet Marouani. Le connard, il fallait que je me le fasse un de ces jours, et le plus tôt serait le mieux. Un véritable pro, je devais en convenir, finalement c'était le seul à pouvoir jouer dans Columbo. Kurch et moi nous étions minables, laminés, désarçonnés, sans voix, complètement anéantis. Le dos voûté le regard fixé sur la photo que nous tendait le lieutenant, nous étions sans voix.

Mais Kurch se tourna vers moi, et esquissa soudain un large sourire qu'il accompagna d'un clin d'œil qui se voulait discret.

-Nous vous remercions Lieutenant.

Mon protecteur était aux anges, son visage rayonnait. Il semblait n'avoir plus qu'une idée en tête, sortir de ce bureau au plus vite. Il tendit la main à Marouani, qui après un instant de surprise, n'eut pas d'autre choix que de lui tendre la sienne.

La circulation était intense, fin de journée, une pluie fine recouvrait la ville transformant les avenues en miroirs et les trottoirs en patinoires. Il manquait juste un joueur de saxo sous un réverbère jouant un air de jazz, triste si possible, et moi seul, trempé, une bouteille de whisky à la main.

Et bien non, pas de joueur de saxo, pas de réverbère, pas de bouteille de whisky, seulement le gros Kurch, moi et la pluie. Dans le taxi qui nous ramenait chez moi, mon défenseur devant les tribunaux sortit la photo que nous avait laissée Marouani ou, pour être plus exact, la photo qu'il n'avait pas rendue à Marouani. Mes seuls réconforts en cet instant de tristesse et de désarroi, étaient le souvenir de la tête du lieutenant nous regardant partir, visiblement déçu que son annonce n'ait pas plus d'effet que ça, et le sourire satisfait de mon protecteur dont je trouvais qu'il ressemblait de plus en plus à Barracuda.

La seule différence, mais de taille, c'est que celui-ci, celui qui était assis à côté de moi dans le taxi, il avait un cerveau (et pas de boucles d'oreilles aussi, enfin si, juste une, mais très discrète, d'ailleurs je ne l'avais pas vue jusque là), j'en suis sûr maintenant, ce type réfléchissait en permanence, je le voyais à ses yeux, ils partaient dans tous les sens, c'était signe que les neurones tournaient à plein régime.

-Arrêtez de sourire bêtement, je vous assure qu'il n'y a vraiment pas de quoi. Il pleut, Marouani nous a roulés dans la farine avec son air de tout savoir et il m'a quand même fait comprendre qu'il faudrait que je me fasse soigner. Il est vrai que rencontrer en toute liberté quelqu'un qui n'a pas mis les pieds en dehors de sa cellule depuis des années, c'est vrai que ça ne fait pas vraiment sérieux entre parenthèses.

Je marquais un temps d'arrêt, une idée soudaine, mais improbable.

-Il s'est évadé c'est ça ?

-Certainement pas, et il vaut mieux.

-Voilà qui me rassure en effet.

-Ce type est dangereux, c'est un tueur en série.

-D'accord, il vaut mieux qu'il soit enfermé, mais qui est le Ben avec lequel j'ai bu du whisky et même du Martini...

-Du Martini ? Fit Barracuda l'air atterré.

-Oui, du Martini, et de l'excellent d'ailleurs. Alors qui est donc ce Ben ? Un hologramme? Un sosie ?

-Cette dernière thèse me semble difficile à défendre voyez-vous.

-Un acteur grimé, déguisé…

-Dans votre bouquin pourquoi pas, voire dans un épisode de Mission Impossible, mais là...

-Alors? Interrogeais-je à bout d'argument.

-Alors ? Je n'en sais rien, mais l'important dans tout ça, c'est que la thèse du coup monté à vos dépends semble prendre forme, et ça c'est bon pour nous.

-Si vous le dites.

Je me laissais aller de tout mon poids sur la banquette arrière du taxi, les gouttes ruisselaient sur le pare-brise, il faisait toujours un temps pourri et mon coéquipier arborait obstinément son air jovial. Je décidais de renoncer à comprendre. Peut-être bien qu'il avait raison finalement, s'enfermer dans le spleen ne résoudrait rien après tout. Mais une autre idée me traversa l'esprit.

-Un complot! C'est ça l'idée, un complot. Et si Marouani avait monté ça de toute pièce !

-Vous êtes sérieux?

-Absolument, pourquoi?

-Vous avez décidément trop d'imagination, remarquez c'est plutôt un compliment pour vous.

-Regardez, en tant que lieutenant de police, il peut faire sortir un prisonnier, et voilà mon Ben qui débarque avec ses cigarettes, sa toux, son whisky, son idée de bouquin, et moi comme un débutant je tombe dans le panneau…

-D'accord, et pourquoi il aurait fait ça Marouani? L'argent?

-Parfaitement l'argent! Excellente idée, c'est un motif suffisant.

-Vous savez quoi?

-Non?

-Vous devriez écrire un nouveau bouquin.

-Exactement, et je vais commencer tout de suite...

Les idées se bousculaient les unes derrière les autres, je demandais au chauffeur d'accélérer le rythme, vite ma machine à écrire, noter tout ça, il y avait urgence.

-Bonsoir Harry! Au fait pour le bouquin, je disais ça comme ça...

-Excellente idée Barac... Heu, cher Maître. Je vous dis à demain, vous aurez le privilège de lire les premières pages.

J'étais excité comme un singe en cage face à une banane inaccessible. Rien qu'à l'idée d'écrire tout ce qui me venait sous le crâne, je jubilais. Dans mon excitation, j'avais fait la bise à Barracuda, qui s'était mis à rire comme un dératé. Le chauffeur méfiant avait fait mine de ne pas nous voir, puis le taxi a redémarré emportant avec lui mon ange gardien, et me laissant sous la pluie délicieusement froide, j'étais trempé, c'était le bonheur.

Je montais les escaliers en courant. A peine rentré, je posais mon imper détrempé, et me mettais immédiatement devant la machine. Ça allait être sa fête à Marouani, il allait charger. Vengeance! Ton tour est venu petit flicaillon sans envergure, va faire garder ton chien et tes poissons, tu ne les reverras pas de sitôt.

Tout d'abord je lui inventais un passé, gamin déjà il était menteur, couard et paresseux, incapable de passer un examen sans tricher, il achetait ses petits camarades avec des billes ou des bonbons. Puceau jusqu'à vingt-cinq ans, il ratisse les sex-shop, se nourrit des phantasmes des autres, ambitieux, mais sans moyen il doit tricher en permanence, c'est comme ça qu'il deviendra lieutenant, en faisant chanter son supérieur qui avait eu la mauvaise idée de le prendre sous sa protection et de le mettre dans la confidence.

Ce type a toujours été dangereux, imbu de sa personne, sans scrupule, sa femme reste avec lui, parcequ'elle n'a pas le choix, il la tient dans son filet car il a suffisamment de cynisme pour révéler au grand jour les penchants sexuels peu avouables de sa tendre épouse.

Résumons, c'est un pauvre type, un personnage haineux et sans scrupule, habilité à faire le mal et seulement le mal. Alors quand il a appris que j'étais un auteur condamné, il n'a pas hésité, il a mené l'enquête, convaincu Suzy et ce pauvre type de travailler pour lui et il m'a pris dans ses rets.

Facile pour lui, cet esprit tordu et machiavélique, c'est le roi des coups tordus, ce n'est pas le fric qui l'intéresse. Non, ça serait un moindre mal, lui ce qui le fait vibrer, ce qui le fait vivre, c'est la souffrance des autres. Il s'en nourrit, c'est sa gloire personnelle, il marche à la haine comme d'autres aux applaudissements. Il me dégoûte, je me surprends même à plaindre son chien. Pauvre bête innocente, comment fait-il pour supporter ça?

Je dois dire que Marouani m'avait particulièrement inspiré cette nuit là, il avait eu droit à quinze pages bien balancées. Je ne lui avais rien épargné, et ce n'était que justice, le papier et ma machine sont mes seules armes, et je sais qu'elles peuvent être redoutables. Aux premières lueurs du jour, je tombais littéralement de sommeil, je m'écroulais sur mon lit et sombrais immédiatement dans le néant. Un néant de bonheur, sans bruit, sans couleur, sans odeur, sans rien, une sorte d'extase, un bien-être béat, j'étais bien. Tout avait disparu, mon appartement, Suzy, Marouani, New York, la planète entière, l'univers. Envolés, plus rien.

Autant dire que la sonnerie du téléphone devait s'égosiller depuis un bon moment lorsque je me décidais enfin à me lever pour répondre. Il me fallut d'abord un certain temps pour admettre que ça existait un téléphone, puis pour réaliser que moi même j'étais bien vivant, que mon appartement était encore là, que New York n'avait pas bougé, que la terre n'avait pas explosé et que l'univers... Oui, pour ce qui est de l'univers, je décidais de ne pas m'avancer plus que ça, on verrait plus tard.

-Allô!

-Je parie que je vous réveille!

-Gagné, mon cher Barra... Heu, cher maître.

-Laissez vous aller monsieur Kent, vous mourrez d'envie de m'appeler Barracuda.

-Excusez moi, ça m'a échappé, c'est ridicule.

-Barracuda, c'est ce type de la série, le gros noir avec des boucles d'oreilles, c'est ça ?

-C'est ça oui. Excusez-moi, ce n'est pas très glorifiant comme comparaison.

-Non, j'aime bien. Enfin c'est surtout Barracuda, ça en impose. Le Barracuda, c'est le chef non? Le patron!

-Oui, c'est vrai, mais c'est un peu puéril tout de même, à l'avenir je me contrôlerai, mais là au saut du lit, mon subconscient s'est fait lamentablement surprendre, j'en suis désolé. J'ai tellement l'impression de voir l'autre à chaque fois, que même au téléphone j'imagine le type de la série.

-Barracuda! C'est ça?

-Oh ça va n'en rajoutez pas, au sortir du lit, il faut me ménager. Je ne me rappelais plus que vous existiez, c'est dire.

-Et bien il serait temps de revenir parmi nous, bientôt dix neuf heures, ce n'est pas le soleil qui va vous éblouir.

Je m'apprêtais à lui dire « Dix neuf heures? Déjà! Vous plaisantez!» et j'imaginais la réponse toute faite : «vous trouvez que j'ai l'air de plaisanter?». Donc inutile de poser la question, il ne plaisante pas, c'est sûr, j'ai passé ma journée à ronfler.

-Mais non je plaisante. Enfin il est bientôt dix huit heures, c'est tout de même l'heure de se lever. Ça vous laisse juste le temps de me rejoindre à la gare centrale, d'ici, disons une heure. Ça ira?

-Hé! Vous êtes un sacré plaisantin vous...

Il avait raccroché, drôle de type. Bon une heure pour aller à la gare, il ne fallait pas traîner, une douche, deux coups de rasoir, je sautais dans un pantalon, une chemise, un coup de peigne, un peu d'eau de toilette, j'avais dû faire plus vite que mon ombre cette fois-ci. Pourtant j'ai eu un instant de doute. C'est vrai après tout, il ne m'avait rien dit, pourquoi le rejoindre? Il ne pouvait pas venir ici lui même? Et qu'avait-il à me dire de si urgent?

Je décidais assez rapidement de ranger toutes ces questions au rayon des interrogations inutiles, ou du moins futiles, ce qui pour une fois me fit gagner un temps précieux.

Ce n'est qu'après avoir dégringolé les cinq étages que je me rendais compte que j'avais oublié ma prose de la nuit, mon règlement de compte avec Marouani. Il fallait absolument que je montre ça à Barracuda, je remontais les escaliers à la vitesse de la lumière, sauf sur la fin où un point de côté m'obligea à ralentir considérablement ma course. Cette pause obligatoire me permit de remarquer une anomalie dans l'appariement de mes chaussettes, une rouge et une verte. Je décidais d'ignorer ce détail. Je pris la pile de feuilles que j'avais laissée à côté de la machine, et je partis à la recherche d'un taxi.

Dix-neuf heures, une minute, vingt- huit secondes, affichait l'horloge de la gare. Ponctuel, ça faisait une heure à peine que Kurch m'avait réveillé, je venais de pulvériser un record personnel. Mais ça n'avait pas été gratuit, je m'étais fait deux coupures en me rasant, j'avais dû soudoyer le taxi d'au moins vingt dollars, pour qu'il brûle deux feux rouges, et je n'avais pas pris le temps d'avaler quoi que ce soit, ce qui me donnait l'impression d'être un pétale de maïs flottant dans un bol de lait, lui même posé sur le pont d'un bateau au milieu de l'océan déchaîné. En résumé j'avais une de ces envies de dégueuler. Et Barracuda qui n'était pas là.

Enfin il n'était pas là, disons que je ne le voyais pas, et je me demandais bien comment j'allais le trouver. Un rendez-vous à la gare sans autres précisions, c'est tout de même un peu vague. De toute façon la priorité, c'était un café, une pâtisserie quelconque et un autre café minimum.

Le café était chaud, mais léger, voir même très léger, et la pâtisserie très quelconque, mais petit à petit je reprenais contact avec la terre ferme. Je prenais le temps de lancer un regard circulaire afin de mieux juger de la situation. Catastrophique, ça grouillait de partout, impossible de retrouver qui que ce soit au milieu de cette foule, même Barracuda avec une ombrelle multicolore sur la tête, passerait inaperçu. Hors de question d'abandonner et de repartir sans avoir trouvé ce sacré Kurch.

Téléphoner, voilà l'évidence, l'idée lumineuse, ça allait beaucoup mieux. Soudain plein d'enthousiasme, je laissais échapper un geste de victoire que le garçon interpréta d'une façon toute personnelle puisqu'il me ramena un autre café.

-Allô, maître Kurch?

-Ah! Monsieur Kent, où êtes-vous?

-A la gare bien sûr.

- Très bien, retrouvez-moi au quai numéro huit voie D.

-Sous le panneau?....

Il avait raccroché, j'avalais une quatrième pâtisserie quelconque, mais nourrissante, d'ailleurs je buvais immédiatement un verre d'eau pour faire passer le tout, et je partais à la recherche du quai numéro huit voie D.

J'avoue qu'il m'a fallu plus de dix minutes pour trouver. La foule compacte, ma méconnaissance des lieux, une forte envie d'uriner, due très certainement à l'ingestion inconsidérée de café, constituaient pour moi des circonstances atténuantes que j'allais m'empresser de faire valoir auprès de mon avocat.

-Excusez-moi, mais la foule, le café…

-C'est parfait Harry, suivez moi et ouvrez bien les yeux.

Mes excuses étaient inutiles, Barracuda était concentré, aux aguets, nous avancions discrètement le long du quai, un train était annoncé, les personnes qui jusqu'à présent étaient restées assises sur un banc, se levèrent. Déjà les premiers wagons s'immobilisaient à notre hauteur.

-Quoiqu'il arrive vous ne bougez pas, vous ne dites rien.

J'acquiesçais, Kurch sortit un minuscule appareil photo de sa poche, et s'adossa contre un pilier métallique. La foule des passagers s'égrenait devant nous, immobile, attendant qui? Quoi? Suzy? Marouani? Les deux ensembles, complices de cette sordide machination? Pour l'instant, je ne voyais pas de visage connu et Maître Kurch restait figé, la respiration en suspend, les yeux fixés sur le flot continu des passants.

Je faillis laisser échapper un cri de surprise lorsque la main de mon avocat m'attrapa le bras vigoureusement, me signifiant qu'il allait enfin se passer quelque chose et que je devais m'efforcer de rester calme. Il se tourna vers moi et me fit un signe discret du menton, je suivais du regard la direction qu'il m'indiquait. Une nouvelle pression de la main du colosse sur mon bras, me dissuada de laisser échapper un second cri de seconde surprise.

Même si on me l'avait dit, je ne l'aurais pas cru une seconde. C'était Ben, le vrai, celui que je connaissais tout du moins. Il n'y avait aucun doute, malgré ce costume gris moucheté de blanc, cette cravate à carreaux, cette paire de lunettes noires, c'était bien lui. Pas de menottes, pas de policiers, il était libre comme l'air, seulement Barracuda qui prenait des photos et moi qui commençais à douter sérieusement de mes capacités intellectuelles. Etais-je victime d'hallucinations? Etait-ce bien le Ben que j'avais connu? Je ne l'ai pas quitté des yeux jusqu'à ce qu'il disparaisse, happé par la foule des voyageurs.

-Il faut le suivre, le prendre en filature, il va nous échapper, allez bougez-vous bon sang…

-Calmez-vous Harry, je sais où il va, inutile de s'énerver. Le suivre c'est risquer de se faire repérer, et il vaut mieux éviter. Allons plutôt boire une bière.

J'étais quelque peu désarçonné, mais je voyais bien que mon protecteur avait mené son enquête pendant que je dormais tranquillement dans le néant, il avait donc fort logiquement une longueur d'avance sur moi. Je décidais donc de suivre ses conseils, une bonne bière serait la bienvenue.

Kurch souriait de toutes ses dents, qu'il avait impeccablement blanches d'ailleurs, une ligne de mousse surlignant sa lèvre supérieure. Je voyais bien qu'il brûlait d'envie de me raconter tout ce qu'il savait, il se dandinait sur sa chaise attendant certainement que je lui dise : alors racontez-moi maintenant! Mais j'étais persuadé d'avoir moi aussi le fin mot de l'histoire.

-Ne dites rien cher maître, j'ai tout compris. Ben et Marouani sont complices, regardez, je l'ai même mis sur le papier. Lisez, vous verrez c'est édifiant. Et Marouani, je peux vous dire que je ne l'ai pas raté, il en prend plein les dents, KO le lieutenant à la manque. Vous allez voir Kurch, on va se le faire.

Je commandais une autre bière, Barracuda s'était plongé dans la lecture des feuillets que je lui avais tendus. Je l'observais avec attention, guettant la moindre de ses réactions. Je le vis froncer un sourcil, puis les deux. Dans un mouvement d'inquiétude je m'avançais légèrement vers lui, l'air interrogatif. Puis il esquissa un sourire, j'étais rassuré, il est vrai que je ne l'avais pas loupé l'autre flic véreux, je l'avais laminé, détruit, désintégré, et

vu sous un certain angle, ça pouvait faire sourire c'est vrai. Moi-même, j'avais souri à plusieurs reprises en l'écrivant.

Voilà même qu'il laisse échapper un éclat de rire, je me mets à rire aussi, emporté par cet élan de gaieté et de sympathie à mon égard. Puis il bascule carrément en arrière sa grosse masse de graisse et sa grosse tête crépue, s'esclaffant à grand bruit jusqu'à en pleurer. Je trouve cela un peu excessif et bruyant, je lui fais signe d'être plus discret.

-Que les malheurs de Marouani soient risibles, d'accord, moi aussi je trouve ça irrésistible, et d'ailleurs votre réaction me touche beaucoup, mais c'est inutile d'en rajouter, je suis très heureux que vous ayez apprécié.

Kurch mit quelques instants avant de retrouver son calme, il sortit un mouchoir, essuya ses yeux remplis de larmes de rire, avala une gorgée de bière, et me fixa de son regard rieur.

-Excusez-moi, mais ce n'est pas Marouani qui déclenche chez moi cette gaieté quelque peu exubérante il est vrai, mais je ne m'attendais pas du tout à lire ça : « les jambes écartées elle offrait à ce regard concupiscent la vue de ses orifices les plus intimes, de ses courbes les plus... »

Je ne lui laissais pas le temps de continuer, les regards des tables circonvoisines s'intéressaient déjà, et pour la deuxième fois consécutive, aux extravagances de nos discours. Je lui arrachais la liasse de feuilles, que j'enfermais immédiatement dans la chemise cartonnée.

-Je ne savais pas que vous vous adonniez à la littérature érotique. Pas mal!

-Vous trouvez?

-En tout cas vous m'avez surpris. C'est de vous?

-Oui, quelques fois je fais de petits textes comme ça, pour l'exercice.

-Ce sont vos gammes en quelque sorte.

-Parfaitement, le terme est bien choisi, des gammes. Mais je suis désolé, dans ma précipitation je n'ai pas pris le bon tas de feuilles, pourtant je vous assure que ma thèse sur Marouani est remarquable, j'en suis sûr.

- Ne soyez pas désolé, ceci est excellent, il faudra que vous m'en passiez d'autres, c'est parfait contre le stress. Si j'en avais plus souvent dans mes dossiers, les journées seraient moins tristes.

Ce type était vraiment sympathique, toujours souriant, il me faisait des compliments, alors que j'avais été lamentable. Je dois l'admettre je recevais une leçon. Du coup je me mis à rire aussi, réalisant le ridicule de la situation. Le calme revint enfin, j'allumai une cigarette.

-Désolé de vous décevoir Harry, mais Marouani n'est pour rien dans cette histoire.

-Vous en êtes sûr?

-Certain!

Tant pis, ce n'était pas Marouani, il fallait se faire une raison. Dommage tout de même, ça m'aurait fait tellement plaisir.

-Mais alors, ce n'était pas Ben tout à l'heure sur le quai?

-Si justement, c'était bien lui, enfin le Ben que vous avez connu, il n'y a aucun doute là-dessus. Sauf qu'il n'est pas en prison!

-Vous voyez bien que Marouani raconte n'importe quoi!

-Pas du tout, Tom Liderman est bel et bien en prison, lui.

-Mais alors de qui s'agit-il?

-Jerry Liderman, son frère jumeau.

* * * * *

La chaleur était tombée d'un coup,   le soleil brillait avec une certaine insolence dans un ciel d'un bleu provocant. La mer était d'huile et la plage couverte d'humains, eux même recouverts de crème solaire. Les baigneurs arrivaient par grappes, parasols, serviettes, bouées, bateaux pneumatiques, pelles, seaux, râteaux, chapeaux… une véritable armada suréquipée pour la station prolongée sur le sable, en plein cagnard. Quelques cerfs-volants avaient pris leur envol, sur l'horizon des voiles multicolores formaient un étrange ballet flottant, dont personne ne semblait se soucier vraiment, chacun étant occupé aux activités les plus variées, allant du gonflage des brassards de la petite dernière, au dépliage du parasol, en passant par le badigeonnage de crème ou la confection d'un sandwich au saucisson.

Laurence avait choisi la station couchée au soleil, dans un état de demi-sommeil, juste le bruit de la mer, les cris des enfants, ceux des parents et les appels du marchand de chouchous. Tout doucement elle sentait le sommeil s'immiscer par couches successives, comme des couvertures que l'on empile les unes sur les autres. Les sons deviennent de plus en plus lointains, les idées de plus en plus floues, le conscient de plus en plus inconscient. Pourtant le moindre changement est encore perceptible, une mouche qui se pose sur le ventre, un bruit un peu plus fort que le brouhaha de base, une vibration inhabituelle et tout le corps s'éveille, immédiatement sur ses gardes il se redresse, sort de son état semi comateux pour affronter la nécessaire réalité.

En l'occurrence, la réalité pour Laurence, se fut Maurice Karle. Lorsqu'elle ouvrit les yeux, il était là assis à côté d'elle, les genoux à hauteur du menton, en appui sur ses deux bras tendus en arrière.

-Désolé, je ne voulais pas vous réveiller.

-Mais qu'est-ce que vous faites là vous?

-La même chose que vous, je bronze.

Instinctivement, la jeune femme lança un regard vers la mer, à la recherche de Philippe et des filles.

-Ne vous inquiétez pas, ils sont justes là, sur le matelas pneumatique, et ils n'ont pas l'air de s'ennuyer.

-C'est vrai, les filles adorent l'eau, et leur père aussi, c'est un véritable poisson.

-Je vois que vous n'avez pas fini mon livre.

-J'y travaille rassurez-vous, je l'aurai.

-Je n'en doute pas, vous me direz ce que vous en pensez, lorsque vous aurez terminé. Une cigarette?

Laurence accepta. Un silence s'imposa quelques instants, peut-être trop longtemps pour Laurence, qui le brisa la première.

-Vous savez, pendant un instant j'ai bien cru que c'était Marouani qui avait tout manigancé.

-Et finalement vous pensez que ce n'est pas lui?

-Non, pas possible maintenant…

-Et puis un flic manipulateur, ce n'est pas vraiment raisonnable non? Non c'est vrai, un policier ça montre l'exemple, c'est de notoriété.

-Parfaitement, un flic c'est fiable…

Karle marqua une longue pose, tira une longue bouffée sur sa cigarette, avant de rajouter.

-Je vous laisse seule juge.

-Vous avez l'air de bien vous entendre avec mon mari.

-Disons que nous avons une passion commune.

-Les chevaux ?

-Un excellent parieur votre mari!

-Vous êtes bien le seul à l'avoir remarqué. Enfin tout dépend de ce que vous appelez excellent parieur, si l'excellence se mesure à la hauteur des gains réalisés, c'est loin d'être extraordinaire…

-Gagner, les néophytes n'ont que cette idée en tête. Le jeu c'est comme la vie, on ne gagne pas tout le temps, et pourtant ça n'empêche pas de vivre, voire même de réussir sa vie. L'essentiel, c'est d'y prendre plaisir et de tirer les enseignements de ses erreurs non?

-Quel lyrisme, votre approche du jeu est une véritable philosophie. Enfin j'espère que vous ne perdez pas trop tout de même.

-Disons que je me débrouille, c'est un loisir comme un autre tant qu'on reste maître du jeu.

-Enfin, votre bouquin se vend bien à ce qu'il paraît, ça va vous mettre à l'abri du besoin pendant quelques temps.

Karle tira une longue bouffée, feignant de n'avoir rien entendu. Un léger sourire, une certaine nonchalance dans la tenue, confirmaient une quiétude certaine que l'on pouvait interpréter comme de l'insolence, voire de l'indifférence. Son bouquin se vendait bien, et alors? Oui mais la mort de René Duchant, restait plutôt étrange et le doute subsistait. Et alors? Semblait-il répondre.

-Vous pensez que j'ai tué Duchant?

-Voilà qui a au moins le mérite d'être direct. Pour dire la vérité, j'ai des doutes.

-Vous avez raison, il faut toujours douter, les choses sont si complexes. Vous-même, vous êtes compliquée, vous avez soupçonné Marouani, maintenant c'est moi…

-Attendez, ça n'a rien à voir…

-Et votre mari? Il pourrait être complice non? Il est bien placé pour faire courir des bruits, alimenter les journalistes et la presse à scandale.

-Et bien, vous ne manquez pas de culot, voilà que mon mari devient suspect maintenant.

-Tant qu'il n'y a pas de coupable, tout le monde est suspect.

-Tout le monde sauf vous!

-Pas du tout, je suis le premier suspect, et fier de l'être, ce n'est pas tous les jours que l'on est l'assassin potentiel d'un flic, non?

-Vraiment pas de quoi être fier…

Karle n'avait pas bougé d'un centimètre, peut-être une légère contraction des zygomatiques, une imperceptible plissure des yeux cachés derrière les lunettes de soleil. Pourquoi était-il venu sur la plage à côté d'elle, Laurence voyait là comme un signe, une façon de dire, « j'ai des choses à vous confier.» Pourtant elle sentait bien que son interlocuteur ne se dévoilerait pas aussi facilement. Un peu comme l'étrangleur, qui ne peut plus garder pour lui tout seul le souvenir de tous ses crimes. Il finit par se faire prendre, uniquement pour pouvoir dire « c'est moi qui ai fait ça. » Mais ce n'est pas facile, il faut du temps. La peur de parler, la peur de choquer, de ne plus être perçu de la même façon, de devenir une étrange personne, de ne plus être aimé.

Karle n'allait pas se dévoiler de façon frontale, c'était sûr, il fallait trouver un moyen détourné, lui donner confiance, lui montrer que c'était dans son intérêt de se confier. Il fallait donc le faire parler, oui, mais comment? En l'invitant à prendre un apéritif bien appuyé? Un repas bien arrosé? Un petit joint, juste pour rigoler? Bref des artifices facilitateurs de confidences, sans compter la torture bien entendu, mais la jeune femme ne semblait pas envisager cette méthode, somme toute barbare. Dans un premier temps tout du moins.

-Aïe!

-Que vous arrive-t-il? Sursauta Laurence.

-Aïe ! Aïe ! Vous m'avez brûlé avec votre cigarette!

-Désolée, montrez-moi ça!

Une rougeur s'était formée sur la cuisse de l'écrivain, qui se tordait sur le sable.

-Arrêtez de gigoter comme ça, ce n'est rien, à peine une brûlure au premier degré, je vais vous mettre de la Biafine®, ça ira mieux.

Finalement la torture pouvait constituer un bon début, après avoir confié sa cuisse brûlée, Karle serait peut-être tout disposé à confier son âme blessée. Les propriétés apaisantes de la pommade et des mains de la soignante, conjuguées au sourire protecteur que cette dernière offrait en toute sincérité à ce grand blessé du bord de mer, allaient sans aucun doute porter leur fruit.

Laurence faisait de gros efforts, car même si elle n'osait pas se l'avouer, Maurice ne la laissait pas indifférente, surtout en maillot juste à côté d'elle. Et il était de plus en plus évident que l'attirance était réciproque. Coupables sentiments, lorsque s'ébrouent à quelques mètres deux filles adorables et un mari innocent. Alors une certaine gêne s'installe, et le temps devient plus pesant, la chaleur plus étouffante et l'air de moins en moins respirable.

-Ça va mieux?

-Oui, je vous remercie, ce n'est qu'une brûlure somme toute, non!

-Vous ne devriez pas rester au soleil…

-Ne vous inquiétez pas je vais vous laisser. Je voulais juste vous dire que …

Que vous me plaisez, imagina Laurence, dés que je vous ai vue ou peut-être même avant, sans que je le sache, mais c'est impossible n'est-ce pas? Des gens raisonnables ne peuvent pas s'aimer sur un coup de tête, sinon, à qui se fier?

-Laurence! Vous rêvez? Donc je voulais juste vous dire, et rien qu'à vous…

La voilà enfin la déclaration d'amour, une confidence certainement, mais un secret ne peut pas se confier à quelqu'un qu'on n'aime pas. La jeune femme sentit ses yeux se gonfler d'humidité, un long frisson parcourir sa colonne vertébrale, provoquant une sensation de froid sous le soleil implacable du bord de mer. Envolée la culpabilité, une tranche de bonheur ça se déguste, surtout lorsqu'il arrive comme ça, presque par surprise, mais sans à-coups, sans effet d'annonce, petit gâteau sucré sous les embruns chauds et salés de la méditerranée.

-…j'ai envoyé un manuscrit à René Duchant, quelques semaines avant sa mort, et je n'en suis pas vraiment fier aujourd'hui…

-Vous pensez qu'il l'a lu?

-Certain, il m'a répondu.

Laurence avait posé sa main sur le bras de Karle, en signe d'apaisement, et puis parce qu'elle avait envie de le toucher, d'être plus proche.

-Et qu'a-t-il répondu?

-Qu'il trouvait ça très bon, qu'il regrettait déjà de ne pas pouvoir profiter de mon futur succès, mais qu'il ferait tout pour que ce soit un Best Seller.

-Plutôt réussi!

-C'est tout ce que ça vous fait?

-Mais je n'y suis pour rien moi, c'est vous qui avez envoyé votre manuscrit, pas moi. Et puis pourquoi me le dire? Pourquoi m'avoir choisie? Vous voulez que moi aussi je me sente coupable? Vous vous sentirez moins seul comme ça?

Pourquoi ne lui avait-il pas tout simplement dit qu'il pensait à elle nuit et jour, qu'il l'adorait, qu'elle était extraordinaire, magnifique, qu'il ne pouvait se résoudre à vivre sans elle? Non il fallait qu'il lui fourgue son fardeau, c'était touchant aussi, mais si inattendu comme entrée en matière.

-J'étais sûr que vous alliez réagir comme ça, si j'avais su, j'aurais tout dit à votre mari…

-Ce n'est pas compliqué, allez piquer une tête, et racontez-lui votre vie entre deux brasses coulées, au point où vous en êtes.

-Pourquoi est-ce qu'on finit toujours par se fâcher Laurence ?

-Je pensais que pour un écrivain, vous auriez plus de facilité à exprimer vos sentiments. Peut-être plus simple à l'écrit, envoyez-moi une lettre cher Maurice!

-Adieu!

Philippe était dégoulinant, les filles lui couraient tout autour, lui tenant chacune une main elles le faisaient tourner comme une toupie sur le sable bouillant.

-Papa, on fait un château?

-Je commence avec vous les filles, mais après vous me laissez souffler un peu d'accord.

Les châteaux c'est avec le père, non pas que Laurence fut jalouse, mais elle n'était jamais sollicitée pour ce type de construction, sauf si l'architecte en chef n'était pas là. Pourtant elle avait, elle aussi, la carrure d'un grand constructeur, mais il ne s'agissait pas de ça, les gamines avaient leurs habitudes et elles ne changeraient pas comme ça, chacun son rôle.

Le bâtisseur organisait déjà la première réunion de chantier.

-Alors que voulez-vous construire? La tour Effel, le château de Chambord, Notre Dame de Paris, la Bonne Mère, la pyramide de Kheops?

-Non ! Papa, le château de Dracula, tu sais comme l'autre fois, avec les grandes dents.

Finalement la simplicité l'emporte toujours, il suffisait de se rappeler l'autre fois, et puis si on l'avait fait l'autre fois, on pourrait le refaire sans difficulté après tout, mais quelle tête pouvait bien avoir le château de Dracula?

-Il était comment ce château?

-Tu sais, il y avait un grand bassin au milieu, des tours dégoulinantes et une grande porte aussi.

Philippe cherchait dans ses souvenirs catégorie sable et maillot de bain, embruns salés et luminosité aveuglante, mais rien qui puisse toucher de près ou de loin au célèbre vampire, pas le moindre petit tas de sable, pas de tours dégoulinantes.

-Et qu'est ce que c'est les tours dégoulinantes?

-Tu sais, on prend du sable mouillé, et on fait pcihttt…

La petite Sophie, ouvrière sérieuse et attentive, accompagnait son pcihttt d'un poing serré, agité de mouvements circulaires réguliers au-dessus d'un tas de sable fictif en élévation constante, jusqu'à laisser apparaître une tour virtuelle du plus bel effet. Mais la tête du père ne laissait aucun doute, il ne comprenait absolument rien à ses explications. Certes il s'agissait d'être initié quelque peu à l'art des bâtisses de sable, et aux descriptions métaphoriques de Sophie, mais n'était-il pas le mieux placé après tout? D'un regard discret, il lança un signal de détresse à la mère de ses enfants, qui arborait de façon insolente un sourire de satisfaction, voire même vengeur. Un léger rictus plus clair qu'un long discours, et plus lumineux qu'un bon schéma. *Traduction : débrouille-toi avec tes filles, puisqu'il n'y a que toi qui sais faire les châteaux, assume!*

Mais une mère attentive ne peut laisser sa progéniture patauger dans le sable très longtemps. Quelques instants seulement, juste le temps d'apprécier le désarroi du géniteur face aux explications répétées, et même martelées, de ses filles de plus en plus impatientes de se jeter dans la construction du siècle, l'œuvre unique, de celle que personne n'a jamais imaginée, et n'imaginera jamais. L'imagination, voilà bien ce qui faisait défaut, car souvenir ou conception, Philippe avait la tête vide.
-Et une pyramide?...
-Non, le château de Dracula papa! Maman, explique-lui, tu te rappelles toi!

Le père perdait enfin de sa superbe, il était moins indispensable tout-à-coup. Laurence apprécia pleinement ces derniers instants, et capitula enfin, mais avec un vrai sourire de victoire cette fois-ci.

-Mais si, rappelle-toi, c'était au bord de ce lac, l'année dernière, il y avait même des gens qui l'avaient pris en photo...

Voilà pourquoi Philippe ne retrouvait pas ce chef d'œuvre, il n'avait pas été réalisé en bord de mer, les embruns salés et les coquillages ne lui étaient d'aucun secours pour faire revenir ce souvenir de montagne, épicéas et mélèzes, grosses chaussures et sac à dos surchargé. C'était net maintenant, il avait suffit d'un mot : lac, et tout s'était mis en place, les tours dégoulinantes pchittt... la porte aux dents de vampire, les remparts dégoulinants eux aussi, bref, une œuvre d'art quelque peu surréaliste, mais d'une esthétique indéniable.

Le chantier pouvait commencer, d'abord la mise en place, circonscrire le site, lui donner des dimensions réalistes, mais ambitieuses, le manche du râteau est un outil privilégié, il permet de tracer un sillon parfaitement net que Philippe exécute d'un seul trait, jambes écartées, en marche arrière toute. Pelles, seau, tamis, boîtes... tous les ustensiles sont mis à contribution. Chacun se lance de son côté, on creuse ici, on fait un tas là, du sable mouillé ici, un chenal par-là. De façon tacite les tâches se répartissent, une véritable organisation scientifique du travail. Efficacité, rapidité, du sable émerge petit à petit un embryon de bâtiment, dont les allures surréalistes commencent déjà à accrocher quelques regards. La grosse femme juste à côté, allongée sous son parasol, jette un œil complice sur les bâtisseurs totalement absorbés dans leur tâche. Son mari n'a pas sorti le nez de son journal.

Delphine du haut de ses quatorze ans, sorte de grande seringue à la maigreur juvénile, faisait un peu désordre là au milieu. Mais dans le sable, avec sa sœur, elle redevenait petite fille. Redevenait, si l'on peut dire, Delphine était encore une petite fille avec des airs de grande, les premiers flirts n'avaient pas encore chassé les plaisirs du sable mouillé qui dégouline entre les doigts, s'accroche dans les cheveux, se colle au bout du nez, et s'engouffre impunément dans le maillot deux pièces acheté une semaine auparavant, après dix essayages infructueux. Coquette!

Bien que complètement adulte, le père faisait lui aussi comme un retour en enfance. Absorbé par la tâche délicate consistant à faire un monticule de sable mouillé de plus en plus haut, de plus en plus étroit, de plus en plus fragile aussi, il en avait oublié de badigeonner à nouveau son dos de crème solaire.

-Aïe!

La petite main de Sophie s'était posée sur l'épaule de son père.

-Ho la la! Papa, t'es tout rouge…

-Et oui ma chérie, voilà ce qui arrive lorsqu'on ne fait pas attention, tu as bien mis de la crème toi au moins?

-Oui, c'est maman qui m'en a mis.

-Alors il te plaît ce château?

-Oui, mais ce n'est pas fini, il faut faire une autre tour là, et un chemin jusqu'au donjon…

-Très bonne idée, continue avec ta sœur, moi je vais me reposer un peu à l'ombre.

-Ah! Non papa! Ne me laisse pas seule avec Sophie, on va pas avancer toutes les deux….

Voilà que la grande s'y mettait maintenant. Philippe lança un regard désabusé vers Laurence, signifiant approximativement quelque chose comme: j'en ai marre d'être indispensable, ça suffit maintenant. Le sourire de la jeune femme pouvait s'interpréter comme une réponse du style : *il faut assumer mon vieux, lorsqu'on est le chéri de ces dames*....

-Très bien les filles, ne nous laissons pas déborder par la situation, l'important est de terminer notre œuvre dans les temps, et pour cela, il faut un minimum d'organisation. Donc, toi Sophie, ta mission consistera à ravitailler ta sœur en sable mouillé, et faire le chemin jusqu'au donjon. Delphine, toi tu termineras la tour et tu aideras ta sœur à creuser un tunnel dessous. Quant à moi je dois m'occuper immédiatement de mes blessures. A mon retour nous ferons un débriefing afin de procéder aux dernières retouches si nécessaire. Des questions?

Philippe toisait les deux gamines du haut de son mètre quatre-vingt, s'efforçant de garder le sérieux de circonstance.

-Allez au travail les petites abeilles, et ne traînez pas je reviens tout de suite.

-Quelle autorité! Tu es dur avec tes filles.

-Je te signale que ceux sont aussi les tiennes, mais bon ça va, je me débrouille, regarde, ça bosse sérieusement non?

-Elles y mettent beaucoup de sérieux c'est vrai...

-L'important c'est d'être convaincant, si elles sont convaincues qu'il faut le faire le mieux possible, elles s'y mettent et on ne les arrête plus.

-Je te mets de la crème?

-Ha oui! Et puis n'hésite pas je suis complètement cramé.

Les vertus apaisantes du massage, plongeaient Philippe dans une douce torpeur dont il dégustait les moindres instants. La nuque détendue, la tête dodelinant de gauche à droite, les yeux fermés, une parenthèse de bien-être sous les mains expertes de la masseuse.

-Karle est passé pendant que tu te baignais avec les filles.

-Il venait faire une dédicace?

-Pas très en forme en tout cas…

- Tu as remarqué toi aussi? C'est bizarre n'est-ce pas, comme s'il avait quelque chose à se reprocher. Je suis sûr qu'il sait quelque chose, mais il ne veut rien lâcher…

-Tu crois qu'il connaissait René?

-Rien ne le prouve, mais je ne vois pas comment il peut en être autrement, il suffit qu'il lui ait téléphoné pour le mettre au courant de son roman. Même de façon involontaire il peut tout à fait être responsable de la mort de ce cher René. Et ça ne doit pas être facile pour lui maintenant, parce que dans ce cas il n'est plus tout à fait innocent.

-Il risque gros?

-Homicide involontaire, remarque ça peut doper encore les ventes, mais c'est risqué.

-Je l'ai senti très inquiet, il s'est un peu confié d'ailleurs et…

-De toute façon on n'en saura jamais rien.

Laurence eut un mouvement de retrait, la réaction de Philippe était surprenante, comme s'il avait compris qu'elle savait quelque chose. Quelque chose qu'il ne voulait pas entendre. Etait-il au courant lui aussi? Complice comme elle du secret de l'écrivain? Mais pourquoi gardait-il le secret alors? C'était un flic après tout, son boulot consistait bien à faire triompher la vérité, quoiqu'il en coûte. Et puis pourquoi protéger Karle? Avait-elle finalement raison? Les deux hommes étaient-ils de mèche depuis le début? *Impossible*, fut le seul mot qui lui vint à l'esprit. Impossible qu'elle soit écartée, mise au secret, prise pour une moins que rien, gênante ou même dangereuse. Oublier tout ça, arrêter de soupçonner à tort et à travers. Après tout il n'y avait aucune raison de s'inquiéter, il faisait beau, les filles faisaient un superbe château et Philippe avait posé sa tête sur son ventre chaud, fermé les yeux, dans quelques secondes il dormirait. Il ne restait plus qu'à finir ce bouquin, ce soir elle le refermerait, tel quel, avec les grains de sable et l'odeur de l'ambre solaire. Puis elle le poserait dans la bibliothèque du salon, au milieu des K, entre Kafka et Kundéra, juste pour respecter l'ordre alphabétique.

* * * * *

Kurch avait raison, inutile de se précipiter, il suffisait de se rendre directement chez mon cher éditeur. Etrange coïncidence, le chauffeur qui nous amena aux éditions Kazan, était celui qui nous avait déposés chez moi la veille. J'avais vu son sourire entendu dans le rétroviseur.

Je sifflotais l'air de Mission Impossible, pour me donner du courage. Mon ange gardien était de marbre, le regard fixé sur la route, son attaché-case sur les genoux, les lunettes noires, plaquées sur les yeux, un vrai tueur. D'ailleurs le sourire narquois du conducteur s'était quelque peu effacé. Le taxi s'immobilisa. Je continuais à fredonner mon air de circonstance, Tan! Tan! Tan! Tan! Tan! Barracuda me lança un regard par-dessus ses lunettes, et me tendit sa mallette.

-Tenez, voici tout ce qui concerne votre nouvelle mission. Bien sûr si vous ou l'un de vos collaborateurs était pris, le Département d'Etat nierait avoir eu connaissance de vos agissements. Bonne chance Jim!

Je sortis sans dire un mot, comme doit le faire un agent de l'état, et le taxi redémarra, me laissant seul sur le tapis rouge de l'hôtel Brighton. Un groom vint à ma rencontre, j'opinais du chef, sans perdre des yeux le taxi qui fit demi-tour deux cents mètres plus loin et vint se garer juste en face. Kurch déplia son imposante silhouette, sortit une liasse de billets et paya la course au chauffeur quelque peu désarçonné par cet étrange stratagème.

Le groom de l'hôtel restait impassible, ce qui relevait de l'exploit, car il est difficile de ne pas rire lorsque ce cher maître s'esclaffe à gorge déployée, et se plie dans tous les sens, comme un danseur de hip hop en transe.

-Vous êtes incroyable Maître, le pauvre homme doit se demander ce qui lui arrive…

-C'est vous qui avez commencé, avec votre Tan! Tan! Tan! Tan! Tan! Mission Impossible, c'est bien ça? Que voulez-vous, je n'ai pas résisté. Et puis le dénouement approche, comment dire, ça me stimule.

-Par contre, je me demande ce qu'on fait ici.

-Il vaut mieux arriver discrètement, et si possible par les coulisses. Suivez-moi!

Effectivement, la maison d'édition était à deux pas. Toutes ces précautions me semblaient bien superflues, mais jusqu'à présent ce cher Kurch avait plutôt fait ses preuves, je lui laissais donc l'initiative des opérations. L'objectif était d'atteindre le bureau de John, sans être annoncé et bénéficier ainsi de l'effet de surprise. Je dois dire que mon avocat me fit vraiment grande impression, alternant escaliers et ascenseurs, longs couloirs déserts et halls bondés, tel un guide tirant derrière lui son groupe de touristes à travers le dédale des allées d'un souk marocain.

Voilà, nous y étions, juste la secrétaire derrière son ordinateur, visiblement surprise de nous voir arriver sans avoir reçu un appel de l'accueil, situé dans le grand hall, vingt-six étages en dessous.

-Monsieur Kent! Quelle surprise! On ne vous attendait pas aujourd'hui.

-Je sais, mais comme je passais dans les parages…

-Dites-moi, quelle affaire! Le fait est que ça dope les ventes, mais ça ne doit pas être très marrant pour vous tout de même.

-Pas vraiment non, mais j'ai bon espoir, vous verrez.

-Tant mieux, il faut rester optimiste, vous avez raison. Je vais vous annoncer à Monsieur Kazan, il est en rendez-vous mais il a bientôt fini.

Tu ne crois pas si bien dire cocotte, il a vraiment bientôt fini, d'ailleurs il n'a jamais été aussi proche de la fin. Ne lui laissant pas le temps d'avertir son supérieur, j'entrais avec mon ange gardien dans l'antre des conspirateurs. Indéniablement, notre entrée fut une véritable surprise.

-Harry! Steven! Mais que venez vous faire ici?

-Cher monsieur Kazan je ne crois pas que vous soyez en position de poser des questions, ne croyez-vous pas que c'est à mon client de demander des comptes?

Je jubilais, ils étaient tous là, Suzy, Ben et John bien sûr, une belle prise. Barracuda allait se régaler, je le voyais à ses yeux, il allait les laminer, les désintégrer, les mettre KO au premier round. Déjà ils se décomposaient sur place, cloués sur leurs fauteuils, figés comme des mannequins de cire.

-Mais, Harry, tu es fou, nous avions convenu qu'il ne fallait rien faire, quoiqu'il arrive. Et pourquoi nous amènes-tu ce type?

-Mais qu'est-ce qu'il raconte celui là maintenant ? Quel culot! Vous n'allez pas le croire maître? Le frère d'un tueur en série, dont le casier judiciaire n'est pas vierge non plus d'ailleurs, ne peut pas être quelqu'un de confiance. Je vous assure que je n'ai rien à voir avec ce ramassis de crapules…

J'étais prêt à me battre becs et ongles, il ne fallait pas que mon ange gardien m'abandonne maintenant, mon cauchemar allait enfin se terminer, et voilà que ces salauds allaient le faire douter de mon innocence. Ils avaient en partie réussi d'ailleurs, je le voyais bien, Kurch avait esquissé un petit pas en arrière ce qui n'était pas de bonne augure, il fallait foncer, rentrer dans le tas.

Ce fut au tour de Suzy de passer à l'offensive.

-T'es vraiment un sale type Harry, tu ne penses qu'à la gloire et au fric, mais pourquoi est-ce que je t'ai cru quand tu m'as dit que c'était juste une formalité, qu'il n'y avait aucun risque, rien d'illégal, juste un coup de pouce à ton œuvre, de quoi sortir de l'ombre pour se refaire une image de gagnant. Tu me dégoûtes.

-C'est un complot maître ne les écoutez pas, ils sont de mèche je vous dis, jamais je n'aurais cru ça. John, toi, un ami…

-Sale enfoiré…

Nous en étions venus aux mains, c'était inévitable, le service de sécurité eu toutes les peines du monde à nous séparer, d'autant plus que Barracuda s'était jeté dans la mêlée, pour mon plus grand plaisir. D'ailleurs, à ma grande joie, Ben et John avaient fini à l'infirmerie.

En tant que vainqueurs nous allâmes fêter notre victoire au Monkey Bar. Kurch occupait une grande partie de la banquette recouverte de skaï, confortablement installé, il était songeur, le regard au plafond, les bras ballants, il attendait indolent, que son Bourbon lui soit servi.

-Harry! Je croyais que t'étais mort! Depuis le temps qu'on t'avait pas vu.

-Jennifer! Comment allez-vous?…

Je n'eu pas le temps de rajouter quoi que ce soit, la patronne du Monkey avait une capacité d'écoute fort limitée et inversement proportionnelle au débit de paroles qu'elle pouvait soutenir plusieurs heures durant. Les habitués n'y prêtaient plus attention, mais les nouveaux arrivants avaient quelques difficultés à cacher leur surprise, voire leur stupeur face à un tel débit de paroles. Ce fut le cas de maître Kurch, dont la position n'avait pas vraiment évolué, il était encore mollement enfoncé dans la mousse de la banquette, mais son visage affichait une autre expression, de songeur il était passé à étonné, puis impressionné et finalement sans voix, bouche ouverte, yeux écarquillés, joues flasques, épaules tombantes. Au cinéma en gros plan, il aurait figuré au palmarès des films d'horreur, tant son visage s'était décomposé, le spectateur n'aurait pas pu douter de la terreur qui s'emparait du personnage, certainement attaqué par un monstre hideux, couvert de pustules et de ventouses, à la peau gluante et verte, dépassant allègrement la taille du plus gros des tyrannosaures.

-Dis-moi, il est pas bien ton copain, je ne crois pas que le bourbon lui soit vraiment indiqué. Il vaudrait mieux un Martini, c'est moins fort, et ç'est bourré de vitamines…

-Merci madame, mais ça ira comme ça.

-Monsieur n'aime pas le Martini, c'est ça ?

-C'est tout à fait ça madame, j'ai horreur du Martini.

-Oui, mais celui là il est très spécial, il faut le goûter avant de se prononcer, ceux qui ont essayé l'ont adopté.

J'esquissais timidement un signe d'approbation, tout en regardant mon verre, rempli de la fameuse potion magique. Et je n'étais pas le seul à subir les caprices de la trop maternelle Jennifer, car à la seule évocation du mot Martini, je vis des clients ramener discrètement leur verre vide vers un bord de la table, bien enserré entre leurs deux mains, afin d'éviter une nouvelle rasade, que la patronne ne manquerait pas d'imposer au passage.

-C'est très gentil madame, mais je vous assure que je préfère nettement le bourbon.

-Allez, il faut se laisser aller, c'est moi qui offre, cadeau de la maison....

-Sans façon, le bourbon me suffira, et je le paye bien sûr!

Le silence c'était installé, pesant et tenace. De mémoire d'habitué, on n'avait jamais vu une telle résistance, et surtout, Jennifer n'avait jamais capitulé. D'ailleurs, poussée dans ses retranchements, elle se raidit, releva la tête et lâcha sur un ton sec, menton en avant :

-Bien sûr, c'est pas gratuit ici. Ça fait deux dollars.

Maintenant très vexée, la patronne repartit vers le comptoir, sans même proposer un peu de Martini à ses clients favoris, visiblement satisfaits d'échapper pour cette fois au verre gratuit dont l'ingestion relevait sinon de l'exploit, du moins de la performance. Quelques regards approbateurs se dirigèrent vers notre table, même Calvin, l'homme d'affaire raide comme un piquet, accoudé au comptoir, sirotant son cappuccino du soir, se laissa aller d'un clin d'œil à notre adresse.

-Cher maître, bravo, vous avez su résister avec beaucoup de courage et de persévérance, je vois bien là l'homme des tribunaux, déterminé, convaincant, sûr de lui...

-Merci Harry.

-Qu'est-ce qui ne va pas Kurch? Vous me semblez plutôt songeur, si quelque chose vous gêne, il faut me le dire.

-Je dois avouer que j'ai un doute.

-Un doute? A mon égard?

-Avouez que les choses se sont un peu compliquées ces dernières heures. Et puis vos amis qui vous accusent de les avoir lâchés, c'est un peu déroutant...

-Je vous comprends maître, moi-même à votre place je serais un peu désorienté, mais n'oubliez pas que c'est John lui-même qui a insisté pour que je fasse appel à vos services...

-Justement, voilà un élément qui ne plaide pas en votre faveur. D'ailleurs, si on y regarde bien, rien ne plaide en votre faveur. Supposons que vous soyez le cerveau de toute cette affaire, et que vos trois agresseurs de tout à l'heure, soient en fait vos complices, et bien tout correspond parfaitement. Vous faites assassiner Benjamin Clarck par Jerry Liderman, trop heureux de pouvoir enfin venger son frère encore au pénitencier, à cause de ce flic qui coule une retraite paisible à New York. Vous faites le nécessaire pour que les soupçons se portent sur vous, la presse s'empare de la trop belle affaire et à vous les dollars. Pour ne pas éveiller les soupçons vous décidez de prendre un avocat, pas très bon si possible, sa seule utilité étant de montrer au public que vous êtes une véritable victime, obligée de se défendre, car plus on vous prendra en pitié et mieux ce sera pour vous, que les soupçons convergent sur votre seule personne constitue votre garantie de succès.

Mais entre temps vous avez une autre idée, et vous échafaudez un nouveau plan, qui a le mérite d'apporter une fin plus dramatique certes mais plus intéressante! Vous décidez donc d'apparaître comme la victime d'un complot, ce qui vous oblige à me mettre sur la piste sans que je m'en aperçoive, car vous avez vu que contrairement à ce que pouvait penser John, je n'étais pas un avocat de seconde zone et que j'étais capable de mener des investigations si cela était nécessaire. Vous saviez très bien que je ne pourrais pas croire à la culpabilité de Marouani, que vous mettiez en avant comme une vengeance personnelle. Et bien sûr j'ai cherché ailleurs, c'est-à-dire dans votre entourage.

Et j'ai même eu un instant de doute figurez-vous, j'ai vraiment cru que vous vouliez m'éloigner de cette piste qui menait directement chez Kazan, votre éditeur et ami. Et puis finalement non, c'est ce que vous vouliez n'est-ce pas? Victime d'un complot, vous ne serez que plus touchant. Et je parie mes honoraires que ça sera la matière de votre prochain bouquin, non?

-Gagné!… Pour le bouquin seulement, d'ailleurs je vous y réserve une place de choix si vous le permettez. Pour le reste, je trouve que votre plaidoirie est très habile, et surtout que vous avez beaucoup d'imagination mon cher maître.

-Notre point commun mon cher Harry.

-J'ai bien peur de ne pas avoir vraiment dissipé vos doutes…

-Mes doutes restent entiers, mais pouvait-il en être autrement? Innocent? Coupable? Quelle importance? Vous m'avez engagé pour vous défendre, c'est ce que je ferai.

Nous avalâmes nos verres cul-sec, un peu comme si nous scellions un pacte. Je repensais à ce soir-là avec Ben, assis à cette même table, j'avais accepté son offre et je me sentais déjà coupable. Coupable de quoi? Quelle importance, l'essentiel pour moi c'était d'écrire, et ça je l'avais fait, et j'allais même continuer, j'avais déjà noirci les premières pages du prochain roman, avec Barracuda en première ligne, l'avocat des causes incertaines voire douteuses.

A ce stade-là de mon histoire plus personne ne parierait un malheureux verre de Martini sur mon innocence. Peu importe, dorénavant je ne parlerai qu'en présence de mon avocat. Une dernière chose malgré tout, si la culpabilité est un fait qui peut s'établir, l'innocence n'est jamais qu'un concept, une présomption tout au plus. Alors Harry Kent est-il coupable d'avoir monté de toute pièce cette machination machiavélique, dans le seul but de retrouver une notoriété perdue et le confort financier qui l'accompagne?

Une chose est sûre cependant, je m'accuse d'avoir tout enregistré sur mon dictaphone, d'avoir tout tapé sur mon clavier, et d'avoir transformé tout ce que je voulais comme je le voulais. Voilà qui complique un peu les choses, mais je l'assume, ai-je vraiment le choix?

* * * * *

Le soleil s'abattait copieusement sur la garrigue, les cigales s'en accommodaient tout particulièrement, emplissant de leur chant tout l'espace environnant. L'homme devait bien avoir entre cinquante-cinq et soixante ans, coiffé d'un chapeau de paille, accoudé à la balustrade de sa terrasse, il suivait du regard la décapotable jaune canari qui montait la petite route en lacets juste en contrebas. La voiture disparut quelques instants derrière une pinède, puis réapparut enfin juste en face, remontant d'une allure modérée l'allée principale, soulevant sur son passage un nuage de poussière, qui se déposa sur la végétation environnante provoquant l'arrêt momentané des cigales, et une moue dubitative sur le visage de l'homme au chapeau.

La portière claqua et un jeune homme habillé de saison, bermuda, chemise à fleurs, lunettes de soleil, sorti du véhicule en faisant crisser sous ses pieds les gravillons qui avaient été étendus devant le perron. Levant la tête, il fit signe à l'homme au chapeau et commença à gravir l'imposante montée d'escalier. L'entrée donnait sur un immense salon, hauts plafonds, grandes fenêtres, vastes canapés de cuir, tapisseries murales aux motifs abstraits, quelques tableaux façon Botticelli, un bar et approximativement au centre de la pièce, une statue de Vénus laissant s'échapper d'une jarre un long filet d'eau dont le bruissement léger apportait une sensation de fraîcheur, faisant par la même oublier le chant lancinant des cigales.

L'homme au chapeau de paille s'avança vers son invité.

-Bonjour, j'imagine que vous êtes Dominique Fips?

-Exact, et vous, vous êtes certainement Robert Delamotte?

-C'est cela en effet, moi-même en chair et en os. Mais venez boire quelque chose.

Les deux hommes s'installèrent au bar. Robert Delamotte s'affairait derrière le comptoir, sortant verres, glaçons, eau gazeuse et jus de fruits, Fips, quant à lui, parcourait à nouveau du regard la vaste pièce dont il n'avait pas encore pu apprécier la riche décoration.

-Ça vous plaît?

Le jeune homme fit un quart de tour vers son interlocuteur, et esquissa un léger mais très perceptible sourire en coin.

-Quelque peu ostentatoire à mon goût, mais néanmoins superbe!

Delamotte marqua une courte pause, visiblement surpris par la réaction de son invité, jusqu'à ce que son visage s'illumine et rayonne d'un large sourire.

-L'ostentation est partout, elle règle le fonctionnement même de l'humanité. Ainsi, rouler en Mercedes décapotable, jaune canari qui plus est, n'augure pas particulièrement un penchant naturel à la discrétion, n'est-ce pas?

-Surprenant, vous parlez comme vous écrivez ou l'inverse, moi qui ne vous connaissais qu'à travers vos courriers, je retrouve ici votre style incisif et chirurgical.

-Et vous le trouvez quelque peu ostentatoire n'est-ce pas?

Fips répondit d'un haussement d'épaules et s'accouda au comptoir. La buée recouvrait les deux grands verres de jus de fruits, que les deux hommes vidèrent pratiquement d'un seul trait.

-Alors mon cher Dominique, que pensez-vous de notre collaboration, le résultat vous convient-il?

-Pas mal!

Le jeune homme avait répondu dans une indifférence non dissimulée, avec ce sourire satisfait, gonflé d'insouciance. Il semblait préoccupé par tout autre chose que cette collaboration à laquelle faisait référence Delamotte.

-Magnifique la fontaine! Et vous avez connu le modèle qui a servi pour sculpter cette superbe Vénus?

-Heu, non... mais vous disiez pas mal?

-Oui, pas mal, notre collaboration bien sûr, le résultat est plutôt « pas mal! ». La Vénus quant à elle, vraiment superbe!

Le doute n'était plus permis, il ne s'agissait pas d'un comportement rêveur, un peu déphasé, absorbé par l'étonnante somptuosité des lieux, mais bel et bien de l'insolence. Ce petit con se croyait irrésistible et derrière son comptoir, Robert Delamotte en avait laissé tomber son chapeau de paille. D'abord décontenancé par le très détaché « pas mal! », il était maintenant fortement courroucé par l'insistance du « plutôt », qui rajouté à « pas mal! » renforçait très nettement l'idée de « pas terrible! ».

-Allez-y, précisez votre pensée. Lorsque vous dites « pas mal! », vous le pensez, ou est-ce là l'expression de votre côté provocateur, que je n'ai pas manqué de remarquer d'ailleurs, lors de nos nombreuses relations épistolaires.

-Je le pense, et c'est là l'expression démoniaque de mon côté provocateur. Mais n'accordez pas plus d'importance à ce que je dis, on a fait du bon boulot, voilà tout. Santé!

Du « bon boulot », bien sûr, ne pas accorder d'importance à ce qu'il dit évidemment, mais comment en accorder, ce gamin racontait décidément n'importe quoi et Delamotte, maintenant écarlate, frisait la crise de nerfs, songeant de plus en plus sérieusement à la destruction immédiate de toutes les décapotables jaunes canari, transportant des petits merdeux à Ray Ban et chemise à fleurs largement ouvertes sur des pectoraux à peine poilus.

-De l'excellent boulot! Cessons d'être modeste, nous avons fait vous et moi de l'excellent travail mon jeune ami. Laissez de côté votre provocation gratuite et sans fondement et regardez la réalité en face, voilà tout de même le fruit de notre remarquable collaboration.

Dans le même temps, Robert avait posé un épais dossier sur le comptoir. Le jeune homme le soupesa.

-Conséquent! Un travail conséquent certes!

Delamotte avait compris qu'il ne parviendrait pas à infléchir d'un iota la réflexion décidément dégradante de son interlocuteur, mais il ne voulait pas le laisser dans cette critique facile et somme-toute injustifiée. Garder son calme et petit à petit, pas à pas, montrer à ce jeune insolent qu'il a tort sur toute la ligne, affaire d'honneur.

-Non, pas conséquent, mais consistant, voilà le qualificatif que j'emploierai plutôt. D'autant plus, qu'au final, le tout s'emboîte parfaitement, ne trouvez-vous pas?

-Consistant, fait immanquablement référence à quantité, et je ne vous apprendrai rien sur la relation incertaine voire inamicale que l'on fait communément entre quantité et qualité. Du bon travail, voilà tout, je suis d'accord, de plus le tout s'emboîte parfaitement ce qui est plutôt rassurant puisque tel était notre objectif au départ.

Le petit morveux se mettait à jouer sur les mots maintenant, pas question de laisser passer ça.

-Consistant : **1.** Qui a de la consistance, de la fermeté, en parlant d'un corps, d'une substance. *Une pâte consistante.* **2.** Copieux, nourrissant. *Un petit déjeuner consistant.* **3.** Qui est solide, fondé. *Une information consistante.*

Delamotte avait refermé le dictionnaire et l'avait reposé bruyamment sur le comptoir.

-Vous voyez, mon jeune ami, il s'agit de se référer au sens qui nous préoccupe, hormis le petit déjeuner copieux, je ne vois pas là de référence au quantitatif comme vous l'affirmiez avec tant d'assurance. Et très franchement je ne vois pas dans le cas qui nous préoccupe, le moindre rapport avec le petit déjeuner.

Les mains en l'air en signe de capitulation, le jeune homme, visiblement amusé, désigna le dossier du regard.

-D'accord, je me rends, vous avez gagné, buvons à ce travail consistant, et oublions ces histoires de petit déjeuner sans intérêt.

-Champagne?

-Champagne!

Dominique s'était mis à feuilleter le dossier, lisant quelques lignes ici, un paragraphe là.

-« *Même ce qui n'avait pas marqué ce corps, témoignait encore des angoisses et des souffrances passées. Ce sexe couché sur le côté lui aussi, le prépuce recouvre entièrement le gland et pourtant il s'en est fallu de peu. Il a réchappé à la circoncision, mais à quel prix? Tirer sur la peau pour décalotter, un petit coup de ciseaux pour faire le passage, souvenir de la petite enfance, douloureux.*

Le corps se souvient, mais seulement de ce qui fait mal, elle a beau chercher, elle ne trouve pas la trace d'un souvenir agréable, le contact du sable chaud, leurs premiers corps à corps. » Le jeune homme releva la tête. J'aime beaucoup ce passage, le regard de votre héroïne sur le corps de son mari, c'est chirurgical.

-Vous dites ça pour me faire plaisir? Ne culpabilisez pas par rapport à tout à l'heure, vous n'êtes pas obligé de me faire des compliments.

-Généralement, je n'hésite pas à dire ce que je pense, si je vous dis que j'aime beaucoup ce passage, alors c'est que je l'aime beaucoup, voilà tout.

-Et comment trouvez-vous le reste? Pas Mal?

Un instant de silence, Dominique Fips avala une gorgée de Champagne, et retourna le dossier vers son interlocuteur.

-Vous voulez bien lire un extrait de ce que j'ai écrit? Celui que vous appréciez tout particulièrement.

Robert Delamotte ajusta ses lunettes sur le bout de son nez, et feuilleta le manuscrit. Il s'arrêta sans aucune hésitation.

-J'adore ce passage lorsque Harry Kent et son avocat sont dans le bureau du commissaire Marouani, et qu'ils vont apprendre la véritable identité du portrait robot de Ben. *« Je me retournais brutalement vers mon avocat, qui, je dois le dire au passage serait un très mauvais comédien, ça ne fait aucun doute, je crois que même dans Starsky et Hutch, il n'aurait pas pu dégoter un second rôle, alors dans Columbo, je n'y pense même pas. Son air étonné n'était absolument pas crédible, il en faisait trop, il avait carrément l'air atterré, ce qui ne correspondait pas du tout à la situation. Je détournais discrètement mon regard vers Marouani, qui fronçait un sourcil, signifiant par là sa perplexité face à une telle réaction. Je regardais à nouveau mon comédien « sous- doué », obstinément figé dans une expression qui tournait au film d'horreur. Voilà, c'est ça, il aurait pu jouer dans « Massacre à la tronçonneuse » ou « Scream », mais pas dans un policier, c'est sûr.* » C'est tout à fait excellent, à chaque fois j'imagine la scène, c'est tordant.

-Tordant, n'exagérons rien, mais il est vrai que je me suis bien amusé pour écrire ça. Repassez-moi le manuscrit, il y a un passage que vous avez écrit, vous savez, la chasse au moustique? Très bon aussi, je vais vous le lire…

La soirée continua ainsi, chacun y allant de son passage préféré. Le champagne aidant, les rires devinrent plus nombreux et plus forts. Et par voie de conséquence, le jeune coq paraissait moins antipathique. Delamotte serait même revenu sur son jugement, prêt à trouver le garçon plutôt sympathique. Insolant, mais sympathique. Il se faisait tard et le jeune homme avait fortement abusé des bulles et de l'alcool qui les accompagne.

-Excellent votre Champagne! Vous savez Robert, j'aime bien ce que vous faites, vous avez des bons trucs, Ha! Ha! Ha! Non, c'est vrai, des bons trucs vraiment, des supers trucs Ha! Ha! Ha!…

Dominique s'était levé, et il vacillait dangereusement devant la fontaine. Delamotte s'en approcha et le soutint par les épaules.

-Mon jeune ami, je crois bien que vous avez trop bu, et moi aussi d'ailleurs, Ha! Ha! Ha! Vous devriez dormir ici, vous êtes incapable de prendre le volant dans cet état. Ha! Ha! Ha!

-Incapable! Attention à ce que vous dites! Ha! Ha! Ha! Je vous assure que vous écrivez très bien mon cher Robert et nous avons fait… vous et moi, de l'excellent boulot. Non, plutôt un travail con…conséquent, heu non, pardon, con … consistant.

-Dominique, vous n'arrivez même plus à parler de façon cohérente, laissez-moi vous accompagner à la chambre d'ami.

Fips vacillait et riait de plus en plus, il était devenu une sorte d'automate désarticulé dans les bras de son aîné.

-Robert! Décidément t'es vraiment trop coincé du cul. « Laissez-moi-vous accompagner à la chambre d'amis, et gna gna et gna gna gni! » Tu ne crois pas qu'à ce stade tu pourrais me dire « *tu* »? Non mais t'es coincé, ça se voit quand tu écris, c'est étriqué, ça manque d'air. Laurence Caras, il est pas mal ce personnage, « ça sera une mère de famille un peu farfelue, avec un côté poil à gratter très marqué.» Ha! Ha! Ha! Ce sont tes propres mots, tu te rappelles? Où est-ce qu'il est le poil à gratter hein?

Chassez le naturel, et il revient comme une bombe, il vous explose à la figure, rien à faire, Fips serait toujours Fips. Il fallait se faire une raison. Coucher le gamin et laisser passer une bonne nuit de sommeil, voilà ce qu'il fallait faire, sage résolution. Le corps mou et sans réaction s'était enfoncé lourdement sur le matelas. Un spasme, un soubresaut, une onde de choc des pieds jusqu'à la tête, et la bouche laissa échapper une bouillie nauséabonde sur le couvre lit damassé.

-Quel con! Arrogant, désagréable et en plus, incapable de boire sans être malade comme un chien. Fips, vous êtes vraiment bourré de qualités insoupçonnées mon jeune ami…

Le jeune homme marmonna une phrase incompréhensible. Delamotte approcha lentement son oreille, craignant une nouvelle sortie intempestive des tripes de son invité. Crainte ô combien justifiée, une nouvelle vague de vomi se précipita en force vers l'extérieur, arrosant copieusement l'imprudent.

-Ha! Ha! Ha! Mais qu'est ce que t'es con, mon pauvre Robert, t'en a pris plein la gueule. En tout cas, moi ça va nettement mieux. Et toi?

Fips qui s'était redressé sur le lit en appui sur ses coudes, n'eut pas le temps de voir arriver le poing qui s'écrasa sur sa figure visqueuse et le renvoya immédiatement dans sa position de départ, un filet de sang en plus à la commissure des lèvres.

-Tu me fais chier sale petit con, ferme là maintenant. Et arrête de te foutre de ma gueule. Qu'est-ce que tu crois hein?

Robert tenait le pantin désarticulé par le col, et le secouait d'avant en arrière, marionnette sans vie, la tête dodelinant mollement au rythme des va-et-vient des épaules.

-Qu'est-ce que tu crois? Je suis peut-être étriqué, mais ne critique pas ma façon d'écrire. Tu es doué, c'est vrai, mais tu fais dans le facile, beaucoup d'effets, manque d'épaisseur… il te reste encore beaucoup à apprendre. Mais tu en es incapable, sale gamin, enfant gâté. Tu m'entends, oui?

Pas de réponse, silence absolu, la poupée s'était enfoncée dans son vomi, sans réaction. Un instant de silence, et petit à petit, d'abord à peine perceptibles, des ronflements se firent entendre de plus en plus nettement.

-Et tu ronfles en plus? Tu ne respectes rien, même pas toi-même. Mais qu'est-ce que je fous avec toi hein? Donne-moi une bonne raison de te connaître. C'est ça, ronfle, c'est encore ce que tu fais de mieux. Ha! Ha! Ha!… enfin, même quand tu ronfles tu es désagréable et arrogant. Dis-moi un peu ce que je vais faire de toi, hein! Dis-moi nom de Dieu! Je n'ai pas besoin de toi, tu peux crever. J'aurais très bien pu écrire ça tout seul. Harry Kent, et Ben, Marouani et Suzy, et l'avocat, c'est mon idée l'avocat, tu te rappelles, je t'avais dit un grand, noir et baraqué. Et tu m'as dit « Ah! Oui! Comme le gars de la série, Barracuda! » Sans moi t'es rien, un petit con surdoué, sans avenir. Ce bouquin c'est le mien, tu m'entends?

La seule réponse fut un ronflement gras et puissant, avec vibrations de babines, un véritable ronflement de sonneur. Delamotte excédé, sortit en claquant la porte. Faire un tour dehors, goûter à l'air frais de cette nuit d'été, s'emplir les poumons, laisser le calme et le silence reprendre leur droit. Ne plus penser à tout ça, ne plus penser du tout. Faire comme si rien ne s'était passé, oublier le champagne, les dégueulis et les ronflements, oublier ce jeune coq sans éducation, oublier ses paroles blessantes, oublier les pages froissées et jetées rageusement à la poubelle, oublier cette incapacité naissante, la créativité qui s'échappe, l'inspiration qui disparaît et ce petit con qui écrit avec trop de facilité, oublier la fin qui s'approche, parce que c'est trop insupportable.

Et puis une idée, une pensée fugace, un éclair, une comète dont on ne perçoit que la trace. Petit à petit elle fait sa place, le vide est précaire, penser à rien n'est qu'une vue de l'esprit, un vœu pieux. L'idée revient, elle insiste se fait de plus en plus nette, impossible de l'ignorer, elle va s'imposer, et elle est terrible.

-Tuer Dominique Fips...

Mais Delamotte s'est calmé, il soupèse chaque mot, en mesure la portée, et tout particulièrement « tuer ». Quatre lettres dont le poids est écrasant. Tuer qui? Mais la cause est entendue, future victime et meurtrier potentiel, sont à quelques mètres de distance, ce qui ne pourra que faciliter la suite des opérations. Ensuite, comment s'y prendre? Il n'y a que l'embarras du choix, il existe tellement de façons de mourir. Etranglé, poignardé, noyé, d'une balle dans la tête...

Tuer, effacer, faire disparaître, bien que terrible, l'idée est somme toute abstraite. Il s'agit seulement de se débarrasser de ce Fips, sa mort importe peu, la seule chose qui compte, c'est sa disparition immédiate et définitive. Or la solution la plus simple et la plus radicale consiste en l'élimination pure et simple de l'individu. Il serait possible de le séquestrer, l'enfermer et le garder ainsi ad vitam, comme une sorte de singe savant, il pourrait être utile, il écrirait, Delamotte publierait et récolterait la mise. Mais cette idée ne fit qu'effleurer l'écrivain, la mort était beaucoup plus simple, et plus intéressante.

La mort apporte une dimension dramatique, et surtout elle est irréversible. L'état de mort est définitif, on est assuré qu'il y en aura au moins pour l'éternité, voire plus. Et Fips méritait au moins ça, pas de demi-mesures avec un individu de sa trempe, trop risqué.

Le jeune homme devait bien peser dans les soixante-dix kilos. Delamotte reprenait sa respiration avant de hisser le corps complètement endormi dans le coupé jaune. Après réflexion, l'accident de voiture était certainement le moyen le plus sûr, une mort anodine, une enquête de routine, aucun risque d'être soupçonné, d'autant plus que rien ne reliait les deux hommes, qui venaient de se rencontrer pour la première fois.

La voiture bascula dans le vide, et se fracassa quelques mètres plus bas, bruits de tôle froissée, roulés boulés jusqu'à l'arrêt brutal contre un arbre, puis plus rien, le silence, le néant, la nuit avait tout englouti.

Le carillon sortit Delamotte de son sommeil. Qui pouvait bien sonner à une heure aussi matinale? Robert n'attendait personne, et il avait du mal à faire surface. Il enfila son peignoir et s'aspergea le visage.
-Une minute, j'arrive.

Lorsqu'il ouvrit la porte, il fut tout d'abord ébloui par le soleil, puis se dessina à contre jour une silhouette à priori inconnue, plutôt féminine.
-Robert Delamotte?
-Lui-même.
-Enchantée, Dominique Fips.
-Pardon?
-Dominique Fips.
-Désolé, mais il n'est pas ici…
-Non, je m'appelle Dominique Fips.

Delamotte vacilla un instant, s'agrippa fermement à l'encadrement de la porte, et regarda incrédule la jeune femme dont le sourire rayonnant, les longs cheveux blonds, la superbe robe rouge et les grands yeux verts, étaient loin de faire penser au Fips qu'il avait vu ici même la veille au soir. Même nom, même prénom, une plaisanterie.

-Si c'est de l'humour, c'est plutôt mal placé mademoiselle.

-Mais non, monsieur Delamotte, nous avions rendez-vous hier soir, j'ai tout simplement eu un empêchement, vous m'en voyez désolée, vraiment.

-Mais alors le jeune homme...

La jeune femme prit un air déconfit.

-Mon Dieu, alors, il l'a fait?

-Pardon?

-Je croyais qu'il plaisantait, mais c'était donc vrai, je suis vraiment désolée.

Le café fumait dans les tasses, le silence s'était installé un instant, une gorgée, une cigarette? Non, mademoiselle Fips ne fumait pas.

-Vous savez, je suis vraiment désolée, Gérald est un garçon charmant, mais il est totalement imprévisible. Lorsqu'il a apprit que nous ne nous étions jamais rencontrés vous et moi, il s'est vanté de pouvoir se faire passer pour moi...

-Mais vous êtes une femme...

-C'est bien ce que je lui ai dit, mais il m'a répondu que Dominique, c'est aussi bien un homme qu'une femme pour celui qui ne connaît pas...

-Et donc vous avez parié avec lui, c'est ça?

-Oui... j'espère que vous ne m'en voulez pas trop...

Delamotte se resservit une tasse de café, il regarda longuement la jeune femme. Son air innocent, petite fille bouleversée, quelque chose n'allait pas, comment avait-il pu correspondre plusieurs mois avec elle, sans jamais se douter qu'il s'agissait d'une femme? Non, quelque chose clochait, elle n'avait pas pu écrire ça, le Fips de la veille, Dieu ait son âme, était bien plus crédible, insolent, impertinent, certes, mais un sacré caractère et à coup sûr un concurrent sérieux, de ce point de vue, le problème était réglé. Mais elle, blonde platine, nunuche de surcroît, avec ses petits airs de sainte-nitouche effarouchée, un mannequin tout au plus, pas un écrivain.

-J'ai l'impression qu'il a réussi!

-Pardon?

-Oui, Gérald? J'ai l'impression qu'il vous a convaincu dans le Rôle de Dominique Fips, écrivain insolent mais surdoué. Moi, vous n'y croyez pas c'est ça? La blonde délurée façon Marylin, ça ne correspond pas à vos canons n'est ce pas? Une femme qui écrit ne peut être que moche, mal fagotée, porter des lunettes à écaille et s'exprimer par métaphores sur l'engagement des femmes dans la vie en général et dans la littérature en particulier, considérations qui soit dit en passant, emmerdent vraiment tout le monde.

Delamotte se remémorait les premières correspondances entre la jeune femme et lui. Depuis quatre mois, leurs échanges s'étaient fait uniquement par courrier électronique. Cela avait démarré comme un jeu, elle lui avait envoyé un début de roman, il avait répondu en écrivant une suite, une sorte de cadavre exquis dans l'esprit du roman à tiroir, deux récits indépendants qui se répondent, s'entremêlent, s'entrecroisent, se séparent, et finissent par se réunir au final. Jamais il n'avait imaginé qu'il pouvait s'agir d'une femme : dominique.fips@wanadoo.fr, pourtant rien n'indiquait qu'il pouvait s'agir d'un homme non plus.

-Vous êtes vraiment surprenante, très surprenante, ça me plaît beaucoup, vraiment…

-Moi je vous trouve vraiment très efficace…

-Je vous remercie, mais…

-Eliminer Gérald aussi rapidement, je dois vous dire que j'avais quelques doutes.

Robert Delamotte sentit une bouffée de chaleur lui monter au visage. Une étrange sensation dans la poitrine, comme une pointe entre les côtes, lui fit esquisser malgré lui, un léger rictus de douleur.

- Que dites-vous?…

-Vous le savez bien, vous n'avez pas pu supporter Gérald, il était insupportable, mais il écrivait bien, et vous l'avez remarqué d'ailleurs, vous avez même senti que c'était un homme qui vous écrivait. Dominique Fips, c'est tout simplement parce qu'il écrivait de chez moi, c'est mon adresse électronique. Quand il a vu que vous le preniez pour Dominique Fips, il a joué le jeu, et c'était plutôt une bonne chose pour moi. Il a tout écrit, et il s'est vraiment bien débrouillé. Maintenant à moi d'empocher la mise. Pauvre Gérald, il était doué non?

- Comment pouviez-vous être certaine que j'allais le tuer?

Delamotte laissa échapper une nouvelle crispation de douleur.

-Vous avez mal mon cher Robert? Une douleur à la poitrine non? Comme une pointe qu'on enfonce entre les côtes. C'est normal, ce sont les premiers effets, ensuite vous aurez du mal à respirer, puis vous perdrez connaissance. Il paraît qu'on ne souffre pas…

L'écrivain, maintenant plié en deux, regarda la jeune femme d'un air atterré.

-Qu'avez-vous mis dans mon café?

-Secret de sorcière, sans goût et sans odeur, mais terriblement efficace ça passe totalement inaperçu dans le café, indétectable lors de l'autopsie, on conclura à un arrêt cardiaque, ce qui est tout à fait probable à votre âge, n'est-ce pas? Vous me demandiez comment je pouvais savoir que vous tueriez Gérald? Ce pauvre garçon était très crédule, il ne m'a pas été très difficile de le convaincre que vous écriviez mal, que vous étiez un personnage exécrable et étriqué, j'ai même évoqué vos penchants pédophiles.

-N'importe... quoi...

-Vous avez du mal à parler maintenant, c'est normal, ne vous inquiétez pas.... Mais bien sûr n'importe quoi, je ne sais pas si vous avez des penchants pédophiles ou non, peu importe, Gérald était très sensible à ça, je pense que dans son enfance... enfin vous voyez?

-C'est vous... qui deviez partager les ...droits d'auteur avec moi...alors pourquoi me tuer?

-Si vous aviez lu attentivement le contrat que nous a fait parvenir votre éditeur, vous auriez vu que l'article douze prévoit la rétrocession des droits au survivant, en cas de décès de l'un des deux auteurs. Cent pour cent des droits, c'est bien ce que vous visiez en tuant ce cher Gérald non? J'ai de bons espoirs, je pense que grâce à vous, et à Gérald bien sûr, ma carrière est en bonne voie.

Delamotte avait de plus en plus de mal à respirer, il était à genoux sur le tapis, haletant, cherchant vainement à faire rentrer une bouffée d'air dans ses poumons. La jeune femme assise sur le fauteuil face à lui, le poussa de la pointe du pied. Robert s'affaissa, le regard dans le vide. Elle se pencha sur sa victime.

-Voilà, c'est presque la fin, mais je sais que vous m'entendez encore, n'essayez pas de me répondre, économisez-vous encore un peu, la vie est si précieuse. Juste une dernière question, vous savez, il faudrait un titre à votre bouquin, et comme ni Gérald, ni vous n'avez pensé à en trouver un, j'ai réfléchi à la question et j'ai ma petite idée, que pensez-vous de Cadavres exquis, c'est pas mal non?

FIN